耳順에 삶을 말하다

머리말

연습 없는 인생을 사는 사람들에게
이순耳順의 경험을 나누고자 합니다

사람은 태어나서 일정 기간 사회생활을 영위하다가 죽는다. 이것은 예외 없이 누구나 겪어야 하는 삶의 3단계 과정이다.

삶의 3단계 과정을 유심히 살펴보면 첫 단계인 태어나는 모습과 마지막 단계인 죽는 모습은 "인생은 빈손으로 왔다가 빈손으로 간다"는 옛말처럼 모든 사람들이 거의 비슷하다. 또 이 두 단계는 인생의 전 기간에 비하면 너무나 짧다. 그래서 실제 사람들의 삶의 모습은 두 번째 단계에서 일어나는 모든 것들에서 나타난다. 그런데 두 번째 단계의 삶의 모습은 천차만별이다. 똑같은 모습의 삶을 살아가는 사람이 하나도 없다.

왜 두 번째 단계의 삶의 모습이 사람마다 다 다를까?
두 번째 단계에서 우리들 삶의 모습은 생각하고, 결심하고, 행동하는 과정의 연속이다. 이런 과정 하나하나에는 반드시 따라오는 결과들이 있고 그 결과들이 쌓여 자신의 삶의 모습이 된다.

사람마다 삶의 모습이 다른 이유는, 생각하고, 결심하고, 행동하는 것이 다 다르기 때문이다. 생각하고, 결심하고, 행동하는 것 하나하나가 자신의 삶에 영향을 미침은 물론 자신과 연관되어 있는 사람에게도 영향을 주게 되고, 또 이것이 돌고 돌아 나비효과처럼 자신에게 더 큰 영향으로 되돌아오기도 한다. 그래서인지 사람들은 자신의 의지와는 다르게 삶의 모습이 만들어져 가는 경우가 많고, 우리 삶의 뒤안길에는 항상 후회스러움이 자리하고 있다.

그런데 후회가 없는 자신의 삶을 만들기 위해 생각하고, 결심하고, 행동하는 방법을 사전에 배울 수는 없을까? 마치 대학 수능 시험 준비를 위해 영어공부를 하고, 수학공부를 하는 것처럼.

아쉽게도 우리는 그런 방법을 사전에 배울 길이 없다. 오롯이 온몸으로 겪으면서 알아가야 하고, 스스로 체득할 수밖에 없다.

우리들은 이것을 위해 너무나 많은 대가를 치른다. 때로는 자신의 꿈이 좌절되기도 하고 때로는 경제적 손실과 사회적 지위를 잃기도 한다. 대가로서는 너무 비싸다. 그래서 마음의 아림이 크고 오래간다.

온몸으로 겪으면서 알아 간다는 것은 그 순간에는 그것을 모르고 있다가 지나고 나서야 깨닫게 되는 경우가 많다는 뜻이다. 생각하고, 결심하고, 행동하는 삶의 과정이 순환이 되는 것이 아니라 다시는 오지 않는 것이기 때문에 더욱 후회스러움이 많아지는 이유다.

지나온 삶을 돌이켜 보면 삶의 과정에서 생각하고, 결심하고, 행동하는 방법을 미리 알았더라면 하는 아쉬움이 참 많다.

내가 겪은 삶의 경험이 세상천지에 널려있는 인생사에 비하면 '조족지혈鳥足之血'이지만, 이 시대를 힘겹게 그리고 용기를 갖고 헤쳐나가는 두 아들에게 삶의 이야기를 해주고 싶었다. 물론 나의 시대에서 겪었던 삶의 경험들을 토대로 내가 문제를 내고 답을 쓴 내용이기 때문에 현시대를 살아가는 아들에게는 맞지 않을 것이다. 그렇지만 참고서 정도는 될 것으로 믿는다.

그런데 어느 날 문득 아들을 찾았을 때 아이들은 나의 세계에서 벗어나 그들의 세계 속에 있었다. 더군다나 바쁘게 살아가는 그들에게는 대화를 할 시간조차도 없었다. 그래서 글로서 전하고 싶었다. 이것이 이 글을 쓰게 된 동기다.

부질없는 욕심이지만 아들과 동시대를 살아가는 모든 젊은이들에게도 전하고 싶다. 한 줄의 내용이라도 전해져 작은 힘이 되었으면 하는 바람을 가져본다.

2018년 5월의 끝자락에서
이옥규

| 목차 |

제3장 명품의 리더가 되는 삶의 화두話頭

제1장

———

삶이
힘들다고 느껴질 때
자신에게 던진 화두話頭

"나는 어떤 사람이고 싶었는가?"
라는 물음만이라도
자신에게 던져 보기를 권하고 싶다.

당신은
어떤 사람입니까?

　나는 어떤 사람인가? 나는 어떤 사람이고 싶었는가? 요즘 가끔씩 나 자신에게 던지고 있는 물음이다. 이럴 때마다, 왜 이순耳順이 넘은 지금에 와서 뜬금없이 이런 생각이 들까 하고 아쉬움의 감정도 생기지만 지금이라도 이런 생각을 한다는 것이 퍽이나 다행스럽다는 생각이 든다.

　이런 질문을 나 자신에게 던지고 있는 동안은 정말 진지해진다. 지금까지 살아오면서 이렇게 진지한 적이 있었을까 싶다.

　'어떤 사람인가'와 '어떤 사람이고 싶었는가'는 의미가 다르다. 어떤 사람인가는 인간의 본능에 대한 물음이어서 답은 철학적이거나 형이상학적으로 해야 하는 사안일 수 있다. 반면에 어떤 사람이고 싶었는가는 인간의 이성적인 부분에 대한 물음이고, 우리들이 살아가는 삶의 한 부분에 대한 물음이다.

두 개의 자기 모습

지금 누군가가 나에게 "당신은 어떤 사람입니까?"라고 묻는다면 "나는 이런 사람입니다"라고 답할 자신이 없다. 아니, 요즘 가끔씩 나 자신에게 던지고 있는 물음이지만 아직 스스로 답을 찾지 못하고 있다는 것이 맞는 표현이다. 이런 물음에 대한 고민은 치열한 경쟁사회 속에서 힘들고 바쁘게 살아가는 우리들에게는 사치스런 사유思惟일 수도 있다.

그러나 누구에게 꼭 답을 하기 위해서가 아니라 한 번쯤은 자기 자신이 정말 누구인지 알아보기 위해서라도 생각해볼 가치는 있다고 본다. 스스로의 기준이지만 나 자신을 볼 수 있을 때 세상을 살아가는 사람들의 진면목을 볼 수 있는 마음의 눈이 생긴다. 나 자신을 볼 수 없을 때는 세상의 내면을 볼 수 없고, 세상사의 옳고 그름을 분별할 수 없다.

사람에게는 2개의 자기己가 있다. 첫 번째는 남에게 보이는 자기이다. 이런 자기는 자신의 내면적인 것보다 외면적인 것으로 타인의 관심이 자기 삶의 중심이다. 관심을 받기 위해 오로지 권력과 부富에 인생의 모든 것을 걸게 된다. 진정한 자신의 삶을 살아가는 것이 아니라 타인이 자신을 바라보는 삶을 살아가게 되는 인생이다. 이런 사람은 당연히 세상의 내면을 볼 수 없고 옳고 그름을 분별할 수 없다.

두 번째는 자신이 보는 자기이다. 이것은 외면적인 것보다 내면을 우선하는 자기이며, 반드시 자신에게 "어떤 사람인가?"라고 물어 봐야 인지할 수 있는 자기이다. 물어보지 않으면 다른 사람이 말하는 나를 자기 자신으로 생각하기 쉽다. 내면의 자기를 알아야 타인을 올바르게 이해할 수 있고 세상을 바로 볼 수 있는 마음의 눈이 생긴다.

경쟁사회에서 살아남기 위해 바쁜 일상을 살아가는 우리들이지만 자신의 주변에서 일어나고 있는 모든 것에 대한 옳고 그름의 정도는 인지할 수 있어야 하고, 무엇보다도 한 번뿐인 자신의 삶의 중심에 자신을 두기 위해서라도 "나는 어떤 사람인가?"라는 질문을 자신에게 물어볼 가치가 있다고 생각한다.

주체적인 삶과 객체로서의 삶

"나는 어떤 사람이고 싶었는가?" 하고 나 자신에게 질문해 보면 어김없이 먼저 떠오르는 생각이 있다. 살아오는 동안 크고 작은 삶의 인연을 가졌던 많은 사람들이 나를 이런저런 사람으로 생각하고 있는 부분이다. 그들의 생각 근저根柢에는 나 자신이 살아온 모습이 투영되어 있겠지만, 관점의 차이로 인해 그들이 보는 나와 내가 생각하는 나 자신과는 많은 차이가 있는 것이 분명한 사실이다.

어떤 사람들은 나를 성격으로, 품성으로, 업무 능력으로, 얼굴로, 재산으로 판단하겠지만, 무엇보다도 많은 사람들은 그들에게 내가 무엇을, 어떻게 해 주느냐에 따라 나를 본다는 것이다. 그래서 나의 존재는 이 지구상에 하나밖에 없는 A임에도 불구하고 어떤 사람은 B로, 어떤 사람은 C, D… 등으로 나를 인식하고 있다는 것이다.

90년대에 계룡대의 한 사무실에서 5년여 동안 근무한 적이 있었다. 사무실에서 창문으로 내다보면 바로 코앞에 노적봉이라는 이름을 가진 조그만 야산이 있었다. 창의적(?)인 아이디어를 떠올리기 위해 가끔 창문 밖 야산을 물끄러미 바라보곤 했었다. 산에는 소나무, 아카시아 나무, 벚나무, 그리고 이름을 알지 못하는 활엽수 등이 빼곡히 자리하고 있었다.

지금 생각해 보면 그 나무들은 5년 내내 그 자리에서 자신들이 가진 고유의 자태들을 변함없이 보여 주었다. 그런데도 나는 그들을 새잎이 파릇파릇 돋아나는 봄의 나무, 푸른 잎이 무성하게 매달린 여름의 나무, 울긋불긋 물든 잎으로 단장한 가을의 나무, 앙상한 가지에 눈을 잔뜩 얹고 있는 겨울의 나무 등으로 변모시켜 각각 다른 나무로 보았다. 세월이 어느 정도 지나간 다음에 그들을 보면 나무 자체는 봄이면 봄, 여름이면 여름, 가을이면 가을, 겨울이면 겨울 변한 것이 아무것도 없는데도 말이다.

변함없는 나무들도 이렇게 나의 기준과 생각대로 다르게 볼 수 있는데 하물며 이곳저곳 변경되는 근무지에서 다른 업무를 하고, 매일매일이 사람과의 경쟁 관계 속에서 살아남기 위해 행동해야

이순耳順에 삶을 말하다

하는 우리들은 얼마나 다양한 모습으로 보이겠는가!

나는 이런 사람이고 싶었다고 아무리 강변해도 남들은 나를 그런 사람으로 보지 않는 것이, 내가 나무를 보아온 것과 다르지 않을 것이다.

지나온 이순耳順의 삶을 반추해 보면 나 자신의 내가 아니고 남이 생각하는 나를 마치 나인 것처럼 혼돈하면서 살아온 세월이 참 많다. 내 삶을 내가 주체적으로 살아오지 못하고 피동적 객체로서 살아온 것이다. 실체인 나를 중심에 둔 삶이 아니라 남들이 만들어 준 허상의 나를 중심에 두고 살아온 것이다. 이렇게 살아온 나를 인제 와서 나는 이런 사람이고 싶었다고 말하는 것 자체가 부끄러운 것 같아 안타깝다.

벌써 4차산업 혁명시대가 우리 앞에 도래해 맞을 준비를 시작해야 한다고 야단이다. 4차 산업혁명이란 '인공지능, 사물인터넷, 로봇기술 그리고 생명과학 등이 주도하는 차세대 산업혁명'이라고 한다.

컴퓨터, 네트워크, 자동화 시스템 등이 주도한 3차 산업혁명의 시대에 살고 있는 우리들이 '나는 나인데 남들이 나를 나라고 안 하네'라는 화두로 고민을 해야 하는 상황인데 어쩌면 로봇과 인공지능 등 비인간적인 것들이 중심이 될 수 있는 4차 산업의 시대에는 우리 자신들이 어떤 모습으로 내팽개쳐질까 걱정이 앞선다.

미래사회에서는 우리들의 존재가 미래사회의 물결에 지금보다도 훨씬 더 빠르고 정신없이 휩쓸려 갈 것이라고 예견하는 것은 크게 틀리지 않을 것이다.

"나는 나"라고 말하라

4차 산업시대를 살아가야 할 우리는 이제부터라도 '남들이 나를 나라고 하지 않더라도 나 자신은 나를 나'라고 할 줄 알아야 한다. 나 자신에게 나는 이런 사람이고 싶었다고 말할 수 있는 사람만이 비인간적인 것들이 우리 삶의 중심에 들어오는 시대에서 자신을 온전히 붙들어 맬 수 있고 삶의 진정한 의미와 행복을 느낄 수 있다.

나를 나라고 할 수 없는 사람은 자신이 누구인지, 무엇을 하고 싶었는지조차 알 수 없게 되고, 그래서 자신의 온전한 삶을 사는 게 아니라 타인의 삶을, 비인간적인 것들의 삶을 대신 살아주게 된다. 종국에는 '나는 행복하다, 나는 불행하다'라고 말할 기회마저 잃게 된다.

바쁜 일상으로 인해 두 개의 물음을 자신에게 던져볼 수 없는 상황이라면 인간의 본능에 대한 질문이어서 답을 찾기가 어려운 "나는 어떤 사람인가?"에 대한 물음보다는 "나는 어떤 사람이고 싶었는가?"라는 물음만이라도 자신에게 던져 보기를 권하고 싶다.

나는 정신精神을
갖고 살아왔나?

앞장에서 "당신은 어떤 사람입니까?"라고 물으면 이런 사람이라고 답할 자신이 없다고 했다. 또 나 자신에게 "어떤 사람이고 싶었는가?" 하고 물었을 때 이런 사람이고 싶었다는 말을 하는 것 자체가 부끄러운 것 같아 안타깝다고 했다. 그런데 왜 나는 이 두 가지 질문에 하나라도 확실히 답을 할 수 없는 걸까? 이유는 여러 가지가 있겠지만 가장 큰 이유는 그동안 나의 삶 속에는 나의 정신이 없었기 때문이라는 생각이 든다.

우리는 흔히 바쁘게 살아온 자신을 두고 자조적으로 "참 정신없이 살아왔네!"라고 말한다. 그 말 속에는 시간적으로 바쁘게 살아온 삶의 후회감이 섞여 있지만, 자신의 정체성(변하지 않는 존재의 본질)인 정신까지도 잃어버린 안타까움이 마음속 한편에 자리 잡고 있기 때문이다.

정신이란 무엇이고 어떤 의미일까?

도대체 정신이란 무엇이고, 바쁜 일상을 살아가는 현대인들에게 어떤 의미를 가져다주는 것일까?

정신의 사전적 뜻을 찾아보면 ① 마음이나 영혼 ② 생각하고 판단하는 능력이나 작용 ③ 근본이 되는 이념이나 사상으로 되어있고 또 한자의 精神을 풀어보면 精은 米(쌀 미)에 靑(푸를 청)이 합쳐진 글자로 '쌀알이 푸르다, 즉 맑다'의 의미가 있고, 神은 示(보일 시)에 申(펼 신)이 합쳐진 글자로 '펴서 보이다'의 의미가 있다.[1]

이를 종합해 보면 개인이 생활 속에서 올바르게 생각하고 판단하면서 얻은 경험과 지식을 자신의 가치관이나 신념으로 만들고 이를 마음속에 정착시킨 후 살아가면서 사람들에게 변함없이 나타내 보이는 모습이 정신이라 할 수 있겠다.

이렇다고 보면, "당신은 어떤 사람입니까?"에 대한 답은 철학적이거나 형이상학적으로 어렵게 찾을 필요 없이 자신의 정신에서 답을 찾으면 되지 않을까 싶다.

자신의 정신을 찾고 안다는 것은 바쁘게 살아가는 우리에게 두 가지의 의미가 있다고 생각한다.

---

1) 민중 엣센스 국어사전 제5판, 민중서림, 2001.5/ 한자해설, 동신출판사, 1995.3

첫째는 현생 인류인 호모 사피엔스가 대략 200,000여 년 전에 출현해 그때부터 지금까지 살고 갔거나 살고 있는 사람들은 총 몇 명이나 될까? 아마 수백억 명 이상은 될 것이다. 나는 이렇게 많은 사람 중에 똑같은 사람 하나도 없는 유일한 나인 것이다. 이런 나를 안다는 것은 어쩌면 이 세상에 유일한 존재로 태어난 나에 대한 최소한의 의무이고 소중한 삶의 가치 일 수 있다.

둘째는 나를 안다는 것은 생물학적인 DNA를 안다는 것이 아니라 나의 정신을 아는 것이고, 나의 정신이 자리 잡고 있는 마음을 아는 것이다. 나를 알아야 진정한 나로 살아갈 수 있고 또 현대사회의 복잡한 관계 속에서 원래의 내 모습을 보여줄 수 있다. 그래야 타인他人들이 나를 볼 때 A, B, C, D…등으로 사람마다 다르게 보지 않고 누가 보더라도 나를 공통되게 보아줄 수 있다. 여기에 타고난 나의 존재가 있는 것이고 그 존재 속에서 진정한 나의 가치관을 찾을 수 있다.

자신의 정신에 근거한 가치관은 언행을 일치하게 만들고 어떤 상황에 부딪히더라도 흔들리지 않고 굳건히 바로 서게 잡아주는 힘이 있다. 금수저, 은수저, 흙수저 등 온갖 수저들이 많은 사회에서 흔들리거나 쉽게 포기하지 않게 하는 의지를 갖게 해 주고, 경쟁 사회에서 부당한 수단을 동원해서 이기려고 하기보다 다소 손해를 보더라도 공정한 경쟁의 장에 자신을 온전히 있게 해주는 힘을 가지고 있다.

우리들 개개인이 자신의 정신을 갖고 행동할 때 자신은 물론 몸 담고 있는 조직, 사회, 나라가 튼튼해지는 것은 분명한 일이다. 그래서 현대사회에서 자신의 정신을 갖고 살아간다는 것은 개인을 위해서 또 사회를 위해서 큰 가치가 있고 중요한 일이 아닐 수 없다.

정신은 개인에게만 있는 것이 아니다

기업의 정신, 군軍의 정신 등 크고 작은 조직의 정신이 있고 민족의 정신도 있다. 또 특정한 시기를 극복하기 위해 생겨나는 시대정신들도 있다. 이러한 모든 정신들의 의미와 중요성은 같다고 볼 수 있다. 단지 조직의 정신이나 민족정신, 시대정신 등은 개개인의 정신을 하나의 프레임에 넣거나 같이 흘러갈 수 있도록 큰 흐름으로 만들어야 하고 오랫동안 변함없이 흘러야 비로소 만들어지는 것이 다를 뿐이다. 큰 강의 흐름을 만들어 그 흐름을 물려주고 또 잘 이어받는 역할은 당연히 리더들의 몫이다.

잘 알려진 대로 중국은 세계의 중심에 있고, 그 중심인 중국이 미개한 주변 국가를 다스려야 한다는 관념이 깔려있는 중화사상은 2000년 이상 왕조가 바뀌어도 변하지 않고 이어져 오는 그들의 민족정신이면서 정치사상이고 군사사상이다. 이러한 중화사상은 장고한 역사의 흐름 속에서 중심이 불안하거나 약할 때는 드러나지 않고 잠복해 있다가 중심이 안정되고 강할 때는 어김없이 나타났다.

이순耳順에 삶을 말하다

수천 년 동안 중국의 리더들은 대를 이어 중화사상을 민족정신으로 승화시켜 왔다. 중국의 리더들은 지금도 변함없이 중화사상으로 정치를 하고, 국민의 마음을 통일시키고, 군의 정신을 무장시키고 있다. 세계 어느 나라의 리더들도 하지 못한 것을 중국의 리더들은 대를 이어 해내고 있다. 오늘날 우리가 중국을 바라볼 때 중국이라는 나라 자체보다는 그들의 마음속에 수천 년 이어져 내려온 중화사상을 주의 깊게 살펴야 할 이유가 바로 여기에 있다.

부국강병에는 그들만의 정신이 있다

지나온 역사 속에서 강대국들의 흥망성쇠를 보면 국민의 정신이 강할 때는 국가가 부국강병 하였고 정신이 희미해지거나 없어질 때는 쇠퇴의 길로 접어들었다.

부국富國에는 경쟁력이 있고 강한 기업들이 많다. 인터넷에 올라와 있는 전 세계적으로 200년 이상 된 장수기업 수는 연도별 다소 차이를 보이고는 있으나 일본은 3,000여 개, 독일은 1,500여 개, 프랑스는 300여 개가 있다고 한다. 장수기업이 곧 강한 기업이라고 할 순 없지만, 그 기간 동안 강한 시기가 반드시 있었을 것이고 또 앞으로 강한 면모로 부상할 저력을 분명 갖고 있을 것이다.

그런데 이렇게 장수하는 비결은 무엇일까? 물론 시대에 따른 혁신, 끊임없는 기술개발 등 여러 가지 요인이 있겠지만, 무엇보다 큰 요인은 임원들이 여러 번 바뀌고, 많은 직원들이 입사하고 퇴사해 나가지만 기업 내부에 변하지 않고 이어져 오는, 그래서 직원들 마음속에 배어 있는 기업의 정신이 있다는 것이다.

기업의 정신은 기업가의 정신에 달려있다. 기업가가 정신이 없으면 기업의 정신은 절대 생겨날 수 없다. 임원들이 외치는 기업의 정신은 경영 목표를 달성하기 위한 구호이지 정신이 아니다. 기업의 정신은 기업가가 자신의 정신을 기업정신으로 승화시킨 것이다. 그래서 직원 개개인들이 자신들의 정신을 기업정신과 스스로 일치시켜 삶의 목표를 회사 내에서 성취하겠다는 생각을 가질 때 기업정신은 정착되고 기업은 강해지는 것이다. 임원들은 이를 스스로 잘 이행하여 직원들에게 기업정신을 심어주는 역할자일 뿐이다. 이처럼 대를 이은 기업가의 정신을 직원들이 자신들의 가치관과 잘 융합시켜 나갈 때 장수하고 강한 기업이 탄생되는 것이다.

강병強兵 역시 마찬가지이나 군의 정신은 기업의 정신과는 조금 다른 특수성이 있다. 군은 명령체계로 이루어진 조직이다. 따라서 군의 정신은 다른 조직의 정신과는 달리 지휘관 한 사람의 리더십에 의해서 만들어지는 경우가 많다. 물론 부대의 전통이라는 정신적인 부분은 있지만, 지휘관 개인이 갖고 있는 리더십에 더 많은 영향을 받는 것이 실체적인 상황이다.

리더십의 핵심은 사람의 마음을 움직이는 것이다. 사람의 마음을 움직이기 위해서는 리더 자신의 정신이 무엇보다 중요하고 자신의 정신을 전 부대원이 동화될 수 있도록 하는 것이 핵심 요체이다.

이순푸順에 삶을 말하다

그러기 위해서는 첫째, 리더는 자신의 정신을 나타내 보이는 말과 행동이 일치되어야 한다. 말과 행동이 일치되지 않는 리더의 정신은 부대원들에게 절대 동화되지 않는다. 언행이 일치하지 않는 리더는 정신(개념)이 없는 리더보다 부대원들에게 오히려 더 많은 혼란을 야기시키고 전투력을 분산시킬 수 있다. 군의 리더들에게 정치적 중립성이 중요한 이유는, 정치권에 정신이 팔려있는 리더는 군인으로서의 올바른 정신을 가질 수 없기 때문이다. 물론 전쟁은 군사전략가인 클라우제비츠가 정의한 것처럼 '하나의 정치적 수단이고 정치의 연장'이기 때문에 군의 리더가 전쟁의 시작과 끝, 규모와 방법을 올바르게 결심하기 위해서는 정치를 이해할 필요는 있으나 정치에 정신을 두어서는 안 된다는 것이다.

둘째, 리더의 정신은 리더 자신이 군 생활을 해 오는 동안 변함없이 일관되게 언행으로 보여 주어야 한다는 것이다. 그렇지 못한 행동을 하다가 리더가 된 후에야 자신의 정신은 이것이니 따르라 하면 부대원은 쉽게 따라가지 않을 것이다. 이것은 비단 군에서만 해당되는 것이 아니고 모든 조직에서 일어날 수 있는 상황이다. 이처럼 정신은 개인에게나 조직에 있어서 중요한 것이고 부국강병의 핵심이다.

이순耳順이 넘은 지금에 와서야 "당신은 어떤 사람입니까?"에 대한 답을 찾을 수 있는 삶을 알았다는 것이 후회스럽기는 하지만 다행스럽다는 마음도 든다. "당신은 어떤 사람입니까?"에 대한 답을 하지 못한 그동안의 나는 정신을 내려놓고 껍데기로만 살아온 인생이었다.

마찬가지로 "당신의 기업은 어떤 기업입니까?", "당신의 조직은 어떤 조직입니까?"라는 질문에 답을 할 수 없다면, 정신은 없고 껍데기만 있는 기업이고 조직일 것이다.

이순耳順에 삶을 말하다

지금 당신은
성공한 인생입니까?

성공의 기준은 모두 다르다

누군가가 나에게 "지금 당신은 성공한 인생입니까?"라고 물으면 이 글을 쓰는 바로 직전까지는 솔직히 답을 주저했을 것이다. 왜냐하면, 이 책을 쓰기 위해 나 자신이 걸어온 삶의 과정을 더듬어 보면서 스스로 던진 물음이었고, 살아오면서 성공이란 단어를 두고 고민을 한 기억은 별로 나지 않기 때문이다. 오히려 내가 정한 삶의 목표와 그것을 달성해 보겠다는 생각만 갖고 정신없이 살아온 기억이 전부이다.

그럼에도 불구하고 "지금 당신은 성공한 인생입니까?"라는 물음에 답을 해 보라고 하면 "어렵고 힘들게 살아가는 사람들을 보면 나는 성공한 인생인 것 같고, 아직도 어느 정도의 사회적 지위를 갖고 왕성하게 활동하는 사람들을 보면 나는 성공하지 못한 인생인 것 같다"고 농담 반 진담 반으로 답할 수 있을 것 같다. 그러면 "그게 무슨 답이냐? 그렇게도 삶의 목표도 없이, 정신도 없이 살아왔나? 아직도 사회적 지위에 욕심을 갖고 있나?" 하고 질문을 다시 받을 것 같다.

왜 나는 성공에 대해 그렇게 대답을 했을까? 정말 간단한 질문인데도 왜 명쾌한 답을 하지 못하는 것일까? 이것도 그동안 내가 정신을 갖지 못하고 살아온 것 때문은 아닐까.

굳이 그 이유를 든다면 첫 번째는 답을 하기 위해 잠시 성공의 기준을 권력, 돈, 사회적 지위 등으로 생각했고 두 번째는 앞에서 언급했지만, 그동안 성공이라는 단어를 두고 별로 고민하지 않았기 때문이다. 더 정확히 말하면 나는 성공이라는 단어보다 삶의 화두話頭를 붙잡고 고민하면서 살아왔다고 하는 것이 맞겠다. 그래서 이 질문에 명확한 답을 할 수 없었던 것 같다.

다시 "지금 당신은 성공한 인생입니까?"라는 질문에 대한 원천적인 생각으로 돌아가 보자. 우리 모두는 살아오면서 나름대로 삶의 목표를 세우고 그것을 향해 열심히 노력한다. 노력하는 과정이 바로 우리들의 삶의 여정이다. 그 여정 속에서 삶의 목표는 자신의 인생의 방향이고 지렛대 역할을 한다. 온갖 역경에 부딪혔을 때 나아가야 할 불빛이 되고 극복할 수 있는 힘의 원동력이 되는 것이다. 그래서 우리는 온갖 어려움을 헤쳐나가는 사이에 자신도 모르게 자신이 정한 삶의 목표를 달성하게 되고 그것이 성공한 인생이라고 인식하게 되는 것 같다.

"지금 당신은 성공한 인생입니까?"라는 물음의 배경에는 자신이 그동안 노력하여 가진 권력, 돈, 사회적 지위 등의 대상이 자연스럽게 자리 잡고 있는 것이 아닌가 한다. 이런 대상을 성공의 기준으로 생각하고 있는 사람들에게 지금 당신은 성공한 인생이냐고 묻는다면 아마 많은 사람의 답은 앞에서 말한 나의 답변과 비슷할 것이라는 생각이 든다.

여기에는 반론이 있고 예외적인 사람이 있을 수 있다. 반론의 입장에 서는 사람들은 권력, 돈, 사회적 지위 등을 충분히 거머쥔 사람들로서 그들은 나의 인생은 성공한 인생이라고 명쾌히 답을 할 수 있다는 것이다. 물론 그럴 수 있다. 그런데 그런 사람이 과연 몇이나 될까?

사람의 본성은 욕심으로 가득 차 있다. 권력을 얻으면 그 위의 권력을 잡고 싶고, 돈을 얻으면 더 가지고 싶은 것이 인간이다. 지고지상至高至上의 권력이 아닌 한, 이 세상의 모든 돈을 갖지 않는 한 정말 속마음으로 '나는 성공한 인생'이라는 답은 하지 않을 것으로 본다.

예외적인 사람들은 인생의 성공을 물질적인 것에서 찾는 것보다 정신적인 가치에서 찾는 사람들일 수 있다. 여기에 속하는 사람들은 성공의 기준을 타자他者들이 나를 보는 것에 두지 않고 자신이 만족해하고 행복해 하는 것에 기준을 둔다. 남들이 성공한 인생이라고 평가하고 있는 권력, 돈, 사회적 지위 등은 자신이 생각하고 있는 성공 기준과 맞지 않다고 생각하는 사람들이다.

혹자들은 성공하려면 성공하는 습관을 길러라, 자신의 성공기준을 정하라, 적성을 찾아 그에 맞는 일을 해라 등등 나름대로 그들이 보는 관점에서 성공하는 인생을 살아가는 방법을 제시한다. 이러한 성공방법에는 자신이 삶을 살아오면서 직접 경험한 것들에서 나온 것이 있고, 세상 사람들이 성공한 사람이라고 말하는 사람들의 생활습관을 연구한 것에서 나온 것도 있다. 이처럼 성공을 하려면 어떻게 해야 한다는 것에 대해서는 정해진 공식이 없다. 사람마다 살아가는 방법, 타고난 성격, 환경이 다르고 인생을 시작할 때 갖고 있는 여건이 다르기 때문에 혹자들이 말하는 성공하는 인생을 살아가는 방법들은 자신에게 한 가지 정도 맞을 수도 있고 모두 틀릴 수도 있다. 또 자신이 스스로 성공하는 인생은 이런 것이라고 말할 수도 있을 것이다.

끊임없이 삶의 화두를 던져라

인생은 자기 스스로 가야 할 길을 가고, 가고 싶은 길을 선택해 가야 하지만 자신의 뜻대로 갈 수 없는 것이 인생이다.

자신은 온갖 불의에 타협하지 않고 올바르게 걸어가는 것 같지만 어떤 사람들은 게걸음으로 간다고 하고 또 다른 사람들은 바로 걸어간다고 한다.

어떤 사물이 흰색인데 그것을 주위 사람들이 검정이라고 우기면 검정으로 치부되는 것이 세상사다.

사물의 본질은 바뀌지도 않고 바꿀 수도 없지만, 인생사에서는 그것을 너무 쉽게 바꾸어 생각해 버린다.

- 2008년 9월 일기에서

로마의 황제이자 철학자인 마르쿠스 아우렐리우스는 그의 명상록에서 "오늘 하루도 남의 일에 참견하는 자, 교만한 자, 사기꾼, 시기심이 많은 자와 만날 것이다"라고 했다. 그가 말한 것처럼 우리는 일상에서 많은 사람을 만나게 되지만 그들 중 똑같은 사람이 하나도 없다. 외모, 성격, 생각이 다 다른 사람들이다.

그들과 만나서 세상사를 이야기하다 보면 자신도 모르게 교만스러운 말이나 사기성이 있는 말, 시기심이 있는 말들을 하게 된다. 그러다 보면 교만의 길을 가는 것이 성공으로 가는 길인지 또는 사기꾼의 길, 시기심의 길이 성공으로 가는 길인지 마음이 어지러울 때가 많다. 그렇지만 그 와중에도 올바르게 성공의 길을 가고자 하는 자신의 본성은 절대 바뀌지 않는다.

자신에게 던지는 화두는 자신의 본성을 일깨우는 수단이다. 자신의 마음에 항상 본성이 또렷이 자리 잡고 있어야 교만한 자, 사기꾼, 시기심이 있는 자들과 더불어 살아가도 자신은 올바른 길을 갈 수 있다. 올바른 길을 가야 한다는 자신의 본성을 망각하고

성공만을 위한 길, 살아남기 급급한 길을 택하면 자신의 걸음이
흐트러질 수밖에 없다.

'엄마 게와 아기 게'라는 전래동화 속에 나오는 이야기다.

어느 날 엄마 게와 아기 게가 햇볕을 쬐러 밖으로 나왔다. 바깥
세상을 구경하느라 정신없이 걸어 다니는 아기 게를 보고 엄마 게
는 "아가야 너는 어째서 똑바로 걸어가지 않고 옆으로 걷느냐?" 하
고 나무랐다. 아기 게는 "내가 언제 옆으로 걸었어요? 똑바로 걷고
있잖아요."라고 대답했다. 그러자 엄마 게는 "그게 똑바로 걷는 거
야? 옆으로 걷는 거지." 그러면서 "잘 봐. 엄마가 똑바로 걷는 것을
보여 줄 테니 너도 따라 걸어 봐." 하며 엄마 게가 걸었다. 엄마 게
가 걸어가는 모습을 보고 있던 아기 게는 "엄마도 옆으로 걷고 있
네요." 했다.

비록 전래동화 속의 이야기지만 작가가 이 동화를 통해 하고 싶
었던 이야기는 무엇이었을까? 현대적 시각에서 해석을 해 보면 엄
마 게는 생태계에서 살아남기 위해 본능적으로 빨리 갈 수 있는
옆걸음으로 걷지만 느리더라도 앞으로 걸어야 올바른 걸음임을 마
음속으로는 늘 가지고 있었고, 그것을 아기 게에게 알려주고 싶었
을 것이다. 즉 작가 자신은 시류時流의 흐름에 떠밀려 살아가고 있
지만 올바르게 걸어가고자 하는 자신의 본성을 잊어버리지 않기
위해서 동화를 통해 자신에게 화두를 던졌던 것은 아닐까?

이순耳順에 삶을 말하다

역사 속에서나 지금 우리의 주변을 관심을 갖고 둘러보면 화두를 가지고 살아가는 사람들이 많다는 것을 금방 알 수 있다.

대표적으로 몇 사람들의 예를 들어 보자.

민족의 영웅 이순신 제독은 끊임없이 자신에게 화두를 던졌다. "勿令妄動 靜重如山(가벼이 움직이지 마라, 태산과 같이 무겁게 행동하라)" "必生卽死 必死卽生(살고자 하면 죽을 것이고, 죽고자 하면 살 것이다)"의 화두는 전투상황에서 제독이 부하에게 즉흥적으로 한 말이라기보다는 자신에게 늘 던지고 있었던 화두였다고 생각한다. 1590년대 그 시절에서 보면 이순신 제독은 과연 성공적인 인생을 살다가 가신 걸까?

안중근 의사도 마찬가지다. "國家安危 勞心焦思(국가의 안위를 마음 쓰고 애태운다)" "爲國獻身 軍人本分(나라를 위해 몸을 바침은 군인의 본분이다)"이라는 대표적인 자신의 화두를 유묵으로 남겼다. 이런 화두를 평소에 자신에게 던지고 있지 않았다면 절체절명에 놓인 나라를 위해 목숨을 바치는 거사를 실행하지 못했을 것이다.

스티브잡스는 "오늘이 인생의 마지막 날이라면 원래 계획했던 일을 할 건가?" 라고 매일 아침 거울을 보고 자신에게 화두를 던졌다고 한다. 그리고 그는 끊임없이 자신에게 화두를 던진 것으로 유명하다. "우주를 놀라게 하자", "해군이 아니라 해적이 되라", "항상 갈망하라 무모할 만큼", "죽음을 상기하라" 등이 그가 자신에게 끊임없이 던진 대표적인 화두들이다. 권력, 돈, 사회적 지위와 무관하게 화두만 갖고 살아간 그들을 두고 성공한 인생이었는지 성공하지 못한 인생이었는지 누구에게 물어보고 싶다.

이외에도 평범한 삶을 살아가면서도 성공이라는 맹목적인 목표에 올인하는 것보다는 자신의 화두를 갖고 실천해 가면서 살아가는 많은 사람이 우리 주변에 있다고 본다. 그들에게는 자신의 화두를 실천해 가는 그 자체가 남들의 인정 여부와 상관없이 성공적인 인생이라고 생각하는 것은 아닐까 싶다.

그런데 자신에게 던지는 화두에는 두 가지의 종류가 있다는 걸 알아야 한다. 첫째는 자신의 삶을 창조하는 화두가 있고, 둘째는 선각자의 삶을 따라가는 화두가 있다.

첫 번째 것은 앞에서 예를 든 사람들의 화두들이 이에 속한다. 굳이 삶을 창조하는 화두라고 이름을 붙인 이유는 이런 화두를 던지고 있는 사람들은 화두 자체가 그들의 삶의 목표다. 그러니 이전에 그 누구도 그런 화두를 던져본 사람이 없다. 그들의 삶의 목표는 누구를 닮아가겠다는 것이 아니라 새로운 삶을 개척하겠다는 것이다.

두 번째 것은 나 자신에게 던졌던 화두의 종류라 할 수 있겠다. 군인의 길을 택한 나는 30여 년의 군 생활 동안 두 개의 화두를 마음속에 부둥켜안고 씨름하였는데 안중근 의사의 화두인 "爲國獻身(위국헌신) 軍人本分(군인본분)"과 서산대사의 화두인 "踏雪野中去(답설야중거) 不須胡亂行(불수호란행) 今日我行跡(금일아행적)

이순耳順에 삶을 말하다

遂作後人程(수작후인정)"이었다. 이 두 개의 화두는 군인으로서 나의 삶의 가치관을 정립하고 지켜나가는 데 많은 영향을 주었다고 생각한다. 이런 부류의 화두는 자신의 삶을 개척하는 것이 아니고 선각자들이 걸어온 삶의 모습을 따라 자신을 지키겠다는 것이다.

어떤 종류의 화두가 되었건 그건 중요하지 않다. 정작 중요한 것은 화두에는 자신을 이끌어 가는 힘이 있다는 것이다. 자신에게 삶의 화두를 던지면 첫째는 자신의 삶에 주인이 되고 둘째는 삶의 목표와 인생의 방향을 잃지 않게 된다. 셋째는 살아가면서 생기는 삶의 결정적 순간에 신념을 갖게 한다. 성공만을 생각하고 가는 인생의 길에는 상황에 따라 삶의 방향이 흔들릴 때가 많고 결정적 순간에 실망하거나 좌절하는 경향이 많다.

그래서 성공한 인생을 만들고 싶으면 자신에게 성공을 말하지 말고 끊임없이 삶의 화두를 던지라고 권하고 싶다.

4

"인생의 전환점 미리 준비하라"의 의미는 무엇일까?

나는 내 삶의 무대가 바뀌는 상황만을 걱정했고 어떻게 준비하지? 하는 걱정만 했었다. 그런데 그게 아니고 나의 역할을 바꿀 생각을 했어야 했다.

- 2014년 일기에서

길지도 그렇다고 짧지도 않은 삶을 살아오면서 그동안 내 삶의 무대는 몇 번이나 바뀌었을까를 생각해 본다. 첫 번째로 바뀐 무대는 고교 졸업 후 30여 년을 몸담은 군軍이었고, 두 번째는 짧은 기간이나마 민간인 신분으로서 생활한 직장 사회였으며, 세 번째는 직장 사회를 은퇴하고 이제 막 맞이하고 있는 노후의 무대일 것이다.

아마 개인에 따라 다소 다르겠지만, 고교 또는 대학을 졸업한 후 직장 사회를 삶의 무대로 바로 선택한 사람들은 직장에서도 여러 분야의 삶의 무대가 있을 것이고, 자의 또는 타의로 분야가 다른 삶의 무대로 몇 번 바뀌는 상황도 있었을 것이다. 그런데 이렇게 세월이 흐름에 따라 필연적으로 다가오는 새로운 삶의 무대가 내 인생의 전환점이었을까? 이렇게 다가오는 새로운 삶의 무대만 미리 잘 준비해 가면 내 인생은 문제가 없는 것인가?

우리는 세월을 먹어가면서 인생의 전환점에 대비해서 미리 준비해야 한다는 말을 주위로부터 많이 듣기도 하고 또 남들에게 쉽게 이야기하기도 한다.

이처럼 대부분의 사람들은 인생의 전환점이라고 하면 생활의 무대가 바뀌는 것만 생각하고 있는 것 같다. 예를 들면 인생의 전환은 대학을 졸업하고 사회로 진출할 때, 사회에서 직장을 바꿀 때, 오랜 직장생활을 마치고 은퇴할 때 등의 상황이고 그때를 대비해야 한다는 것이다. 나 자신도 꽤 오랫동안 그렇게 생각을 했고 나름 그 말에 따라 인생의 전환기 때마다 뭘 어떻게 준비해야 하나 고민도 많이 했다.

그런데 지나고 보니 이 말에는 큰 오류가 있다는 생각이 든다. 진정한 의미에서 이것은 인생의 전환점이 아니라 살아가면서 당연히 맞이해야 하는 생활환경의 변화일 뿐이었다. 진정한 의미에서 인생의 전환점은 지금의 환경이든 바뀌는 환경이든 그 무대에서 자신의 역할을 '주연에서 또 다른 주연'으로 바꿀 때이다. 자신의 역할을 스스로 바꾸려고 하지 않는 한, 삶의 무대가 바뀌어도 결코 인생의 전환점은 오지 않는다고 말하고 싶다.

물론 삶의 무대가 바뀔 때 자신의 모습을 전환시킬 수 있는 기회가 많이 있을 수 있지만 결국은 자신의 인생 방향으로 달려가는 열차에 타기만 하면 되는 것이 아니라 그 열차의 조종간을 직접 잡아야 자신이 원하는 최종 방향으로 인생의 열차를 몰고 갈 수 있는 것처럼 자신이 운전수의 역할을 해야 자신의 인생 전환점이 만들어질 수 있다는 것이다.

주위를 둘러보면 많은 사람들이 그들 나름대로 자신의 삶의 무대를 만들어 가는 모습을 볼 수 있고 그런 사람들의 모습을 보고 있노라면 인생의 전환점에 대한 관념의 차이가 있다는 것을 알 수 있다. 또 이러한 관념의 차이가 개인의 인생 여정에 많은 영향을 미친다는 것도 알게 된다.

첫 번째 관념은 필연적으로 바뀌는 삶의 무대가 내 인생의 전환점이고 이때를 대비해서 뭔가를 준비해야 한다는 것이다. 이 관념은 일생 동안 단 두 번, 즉 학생 신분에서 직장 사회로 나갈 때, 직장 사회에서 은퇴하고 노후 세대로 들어갈 때가 인생의 전환점이라고 생각하고 이때를 대비해서 잘 준비하면 된다는 것이다. 이 관념에서의 삶은, 경제적으로 많고 적음의 차이는 있으나 인생에 변화의 큰 물결이 일어나지 않은 평온한 삶이고 한 번밖에 없는 인생을 큰 대가 없이 평범하게 살아가는 삶이다. 여기에 개인

이순耳順에 삶을 말하다

이 가지고 있는 재능을 내어놓고 이웃과 더불어 살아가는 마음을 갖는다면 소박한 인생의 행복을 느낄 수 있는 삶이다.

그러나 앞서 언급한 대로 이 관념 속에는 개인에게 인생의 전환점이 있을 수 있는 기회가 많이 주어지지 않는다. 흐르는 삶의 강물에 자신을 올려놓고 강물의 움직임에 얹혀 흘려가는 모습이다. 강물보다 빨리 가려고 하거나, 옆으로 또는 거꾸로 가보려는 그 어떤 시도를 해 보겠다는 마음이 없다. 그러니 특별히 인생의 전환점이 일어날 수가 없다.

인생의 전환점이 없는 삶이 나쁘다는 것은 아니다. 그 속에 잔잔한 행복이 있고 소중한 삶의 가치들이 분명 많이 있다. 아쉬운 것은 여기에서 얻는 행복은 진정한 의미의 행복이 아니라 자기 혼자만의 만족감이 될 가능성이 높다는 것이다. 그래서 가까이 있는 가족들까지도 그의 행복을 다 함께 공유할 수 없고 가족과 함께하는 행복의 시너지도 그만큼 줄어들 수밖에 없다는 것이다. 가까이에서 함께 살아가는 대부분의 사람들의 삶이 여기에 속해 있고, 지금 생각해 보면 나 자신의 삶 또한 여기에 있었다는 것을 많이 느낀다.

두 번째 관념은 필연적인 삶의 무대가 다가오기 전에 스스로 지금의 삶의 무대에서 인생의 전환점을 만들어 가야 한다는 것이다. 이 관념은 인생의 전환점은 필연에 의해서 맞이하는 것이 아니고 자신의 의지에 의해 언제든지 만들어 갈 수 있다는 것이다. 필연적으로 다가오는 삶의 무대를 거부하고 스스로 자신이 원하는 삶의 무대를 만들어 낸다는 것이다. 이 관념 속에는 인생의 전환점을 만들어 낼 기회들이 많다. 이 관념을 가지고 있는 사람들은 자신의 주위에서 일어나고 있는 변화들을 포착하여 새로운 삶의 무대를 만드는 기회로 삼는다.

이 관념의 세계에는 '성공'이라는 단어가 존재하고 있고 이런 위치에 선 사람을 '성공한 사람'이라고 부른다. 이 관념 속에서 '성공한 사람'이라 함은 단순히 부富를 많이 축적한 사람이나 사회적으로 높은 지위에 있는 사람이 아니라 그가 얻은 성공과 행복을 많은 사람들이 함께 할 수 있도록 나눠주고 그가 가진 사회적 가치들을 공유해 주는 사람이다. 소위 '노블레스 오블리주'를 실천하는 사람들이 그들이라고 할 수 있다.

이처럼 우리가 흔히 이야기하는 "인생의 전환점 미리 준비하라"는 말에는 두 개의 관념의 세계가 있고 각각의 관념 속에서 벌어지는 삶의 모습은 완전히 다르다. 어떤 것을 택하던 그것은 개인의 선택일 수 있다. 하지만 우리가 별 생각 없이 얘기하고 있는 "인생의 전환점 미리 준비하라"라는 화두話頭에는 개인의 인생 향방向方이 걸려있는 관념의 세계가 있다는 걸 알고 선택해야 한다. 그래야 자신의 인생에 후회가 없게 된다.

우리 사회에는 오랜 과거로부터 전해져 오는 많은 화두들이 있는데, 지식인들이라면 누구나 한두 번은 인용해서 얘기하곤 한다. 그런데 그 화두가 자신의 꿈과 삶의 목표 등을 설정하는데 얼마나 많은 영향을 미치고 있는가에 대해서는 별로 생각해 보지를 않는 것 같다.

언어는 '우리의 정신을 나타내는 수단'이라고 했다. 즉 일상에서 자신이 하는 말은 곧 자신의 마음속에 있는 것을 그대로 나타내 보이는 것이고 우리가 쉽게 듣고 말하는 짧은 화두는 우리의 정신을 형성하는데 깊은 영향을 준다고 본다.

우리의 정신세계에는 자아ego가 있고 자아는 자신의 내면세계와 현실 세계를 연결하여 행동을 주관한다고 한다. 자아 속에 입력되는 현실 세계의 상황 자체가 그 사람이 앞으로 선택해 가는 인생의 방향이 될 수도 있을 것이다.

어쩌면 화두는 자아에게 현실 세계의 상황을 간결하면서도 강하게 던져주는 메시지일 수 있다. 따라서 현대를 살아가는 우리는 일상에서 듣고 보는 화두들에 대해서 한 번쯤은 그 뒤에 숨어있는 관념의 세계를 생각해 봐야 한다. 특히 그 화두가 마음속 한 곳에 여운을 남긴다면 관념의 세계를 반드시 생각해 볼 일이다. 왜냐하면 "인생의 전환점 미리 준비하라"라는 화두에 대한 관념의 차이가 삶의 형태를 결정짓는데 영향을 미치고 있는 모습처럼 화두를 통해 느끼는 그 생각이나 관념의 차이가 자신의 인생을 결정하는데 중요한 요인이 될 수 있기 때문이다.

"인생의 전환점 미리 준비하라"라는 화두는 우리에게 소중한 말

이다. 그런데 자신의 의지대로 자신의 삶의 무대를 만들어 가는 것
과 필연으로 다가오는 삶의 무대를 기다리면서 준비하는 것과는
많은 차이가 있다. 선택은 개개인의 몫이다. 현재 삶의 무대이든
바뀌는 무대이든 진정한 인생의 전환점은 그 무대에서 자신의
역할을 바꾸는 것임을 잊지 말았으면 한다.

이순耳順에 삶을 말하다

5

행복해지려면
어떻게 해야 하는 걸까?

이제 모든 것을 내려놓자고 다짐을 해 본다.

그리고 그동안 잃어버렸던 나 자신을 찾자.

행복은 무언가를 소유함으로써 얻어지는 것이 아니라 나 자신
속에 있음을 잊어버리지 말자.

- 2014년 일기에서

우리 삶의 주변에 가장 많이 떠돌고 있는 말을 든다면 단연 행복
이라는 단어일 것이다. 그만큼 우리 삶에 중요한 부분이고 평소 사
람들이 생각하고 있는 주된 관심사일 것이다. 그런데 "행복이 뭐
지? 어떤 거지? 어떤 느낌인데?" 라고 물으면 선뜻 답하기가 쉽지
않다. 이순耳順의 인생을 살아온 나 자신도 '행복이 나 자신 속에
있다'는 것을 깨달은 때가 불과 몇 년 전의 일이다.

돌이켜 보면 행복해야겠다고, 그래서 더 열심히 노력해야 함을 주위의 사람들에게 이야기도 하고 또 나 자신에게 마음의 다짐을 한 적은 많다. 그런데 그 말과 생각들이 앵무새처럼 머리와 입으로만 행복을 이야기했을 뿐 정작 나 자신의 마음속에 있는 행복, 나 자신이 직접 느껴본 행복을 말한 기억은 별로 나지 않는다. 어쩌면 나 자신의 마음속에는 행복이라는 개념도 없었고, 행복의 감정이 어떠한 것인지 몰라서 느껴본 적도 없었다고 하는 것이 옳겠다. 오직 내가 정해 놓은 인생의 목표에만 매달려 앞만 보고 달려온 것 이외는 기억에 남는 것이 없다. 그 기억에 해당하는 것들 중에는 나에게 행복이었음에도 불구하고 느껴보지도 못한 채 부지불식간에 지나친 것이 있는지도 모르겠다.

이것이 나만이 느끼는 현실일까? 아마 같은 시대를 살아온 대부분의 사람들은 비슷한 상황일 것이다. 각박한 삶을 살아오느라 행복이라는 것이 뭔지 깊이 생각할 여유가 없었을 것이고, 행복한 삶은 경제적 어려움이 전혀 없는 부자들만이 가질 수 있는 영역이며, 철학자들의 세계에서 이야기할 수 있는 것이지 지금의 나 자신에게는 호사스러운 것이라고 생각했을 것이다. 언제일지는 모르지만 인생의 목표를 이룰 즈음에야 얻을 수 있는 것이라고 믿었을 것이다. 그래서 지나온 삶 속에 있었던 작은 행복들은 있었는지조차 모른 채 지금까지 살아왔고 또 지금도 그런 생각으로 바쁘게 살아가고 있다고 단언하고 싶다.

이순耳順에 삶을 말하다

행복은 내 속에 있다

행복은 무언가를 소유함으로써 얻어지는 것이 아니라 나 자신 속에 있다. 인생의 목표를 이루었을 때, 즉 무언가를 소유했을 때 얻을 수 있는 행복은 어쩌면 욕심이 끝이 없는 우리 인간들에게는 영원히 오지 않을 행복이다. 그런 행복은 인간을 외면하고 멀찌감 치 떨어져서 비웃고 있을 뿐 결코 우리에게 다가오지 않을 것이다. 우리가 이야기하고 있는 행복, 필요로 하는 행복은 분명 지나 온 우리들의 삶 속에 있었고, 지금 이 순간에도 우리 곁에 있 다. 그것을 모르고 느끼지 못하고 있을 뿐이다. 이순耳順의 나이가 될 때까지도 그런 행복을 모르고 살아온 나 자신처럼.

때 늦은 감은 있지만 지나온 날들을 회상해 보면 행복한 일들 이 꽤나 있었다. 평생 자식들의 무탈함만 생각해 온 어머니가 승진 에 떨어진 나에게 당신의 아픈 마음은 숨기고 에둘러 "둘째야, 너 무 낙심하지 마라. 그렇다고 올바르지 않은 길은 가면 안 된다"라 고 걱정과 사랑이 가득한 말을 해 주었을 때 마음 뭉클했던, 그래 서 지금도 간직하고 있는 정지된 마음의 시간, 띄엄띄엄이었지만 가족과 함께하곤 했던 오붓한 저녁 한때의 시간, 업무에 지치고 힘 든 일상에서 좌절하지 않고 힘과 용기를 주곤 했던 가족의 무한한 사랑, 똑같이 힘들면서도 진실한 마음으로 동고동락한 전우들과의 시간 등이 지금 생각해 보면 모두가 나에게는 행복이었다.

그런데 그 당시에는 행복감을 왜 느끼지 못했을까? 왜 행복하다는 생각이 들지 않았을까? 그때마다 행복을 느끼고 그 행복을 차곡차곡 마음속에 간직해 두었다면 지금 내 삶의 행복 온도는 몇 도 정도가 되었을까? 지금처럼 후회하는 마음의 온도는 아니었을 것이다.

그럼에도 불구하고 이 시대를 살아가는 젊은이들에게 행복하게 살라고 권하고 싶지는 않다. 행복은 무언가를 소유함으로써 얻어지는 것이 아니라 네 자신 속에 있다고 이야기해주고 싶지도 않다. 왜냐하면, 기성세대들이 그랬던 것처럼 뭔가 자신의 꿈을 향해 열심히 살아가는 젊음의 시기는 아무리 행복에 대해 이런저런 이야기들을 해줘도 결코 마음속에 담아두거나 느낄 수 있는 마음의 여유가 없다. '행복이 이것이다'라고 손에 쥐여줘도 알지 못한다. 오히려 뭔지 잘 알지도 못하는 행복을 추구하기 위해 자신의 목표를 약하게 설정하는 우愚를 범할 수도 있기 때문이다.

그렇다고 행복이라는 것을 아예 무시하고 살라는 의미는 결코 아니다. 지금 "꿈을 향해 가는 그 모습대로 올바르게 최선을 다해 살아라"라고 권하고 싶다. 다만, 인생의 목표를 이루었든 이루지 못했든 행복해지고 싶다는 생각이 문득문득 들 시간을 대비해서 지금 흘러가고 있는 삶 속에서 일어나는 순간순간의 행복만이라도 마음속에 잘 챙겨두라고 말하고 싶다. 왜냐하면, 그렇게 하지 않고 나이를 먹은 어느 시기에 행복을 찾으려고 하면 지나온 삶 속의 행복은 기억 속에 하나도 없게 된다. 행복은 우리 삶의 전부에서 찾

이순耳順에 삶을 말하다

아야 하는데 지나온 삶 속에서의 행복은 없고 앞으로의 삶 속에서 새롭게 찾아야 하는 어리석은 상황에 처해지기 때문이다.

다시, "행복이 뭐지? 어떤 거지? 어떤 느낌인데?"라는 혼란 속으로 들어가 보자. 오랜 시간에 걸쳐 철학자, 심리학자, 교수 등 많은 사람들이 행복을 연구했다. 그리고 행복에 대해 정의를 내놓았다. 그런데 그런 정의를 읽다 보면 어딘지 모르게 나와는 맞지 않다는 것을 많이 느낀다. 당연하다. 그것은 그 사람들의 인생의 기준에서 행복을 본 것이지 내 인생의 기준에서 본 것이 아니지 않는가?

지구상의 수십억 명, 아니 현생 인류의 역사를 놓고 보면 수백억 명 이상의 사람들이 있었고 그 사람들의 얼굴이 다 다르듯이 개인의 삶의 모습 또한 다 다르다. 행복은 삶 속에서 일어나는 것인데 그 바탕인 삶이 같지 않을진대 어떻게 그들이 말하는 행복이 나에게 맞을 수 있겠는가! 행복은 자신의 방식대로 살아가는 삶 속에 있고 자신만의 행복이 있는 것이다. 그래서 자신의 행복은 자신이 스스로 기준을 정해야 한다. 그러면 '행복이 뭐지?' 라는 혼란이 생기지 않는다.

행복은 느끼는 것이다

가지려고 하는 행복은 그 대상이 물질적인 것이고 외부로부터 그 대상을 찾아야 한다. 이런 행복은 짧고 오래가지 못한다. 마음속에 담아둘 수 없고 머릿속에만 잠시 있다가 사라져 버린다. 행복이라기보다는 순간의 만족감 정도이다. 반면에 느끼는 행복은 자신의 마음속에 있는 것이다. 그 대상은 물질적인 것이 아니라 마음 그 자체이다. 외부로부터 찾는 것이 아니고 자신 속에 있는 행복을 찾는 것이다. 포만감에서 머리가 즐거운 행복보다 가슴속이 뭉클거리는 행복이 우리에게 필요하고 오래 남아있는 행복이다.

자신이 소중하다고 생각하는 것에서 가장 많은 행복을 느낄 수 있다. 그 소중함이 가족, 건강, 어느 정도의 사회적 위치와 재산 등이면 충분하다고 생각한다. 그 이상의 것은 자신의 운運에 달린 것이다. 설혹 자신의 운運이 그 이상의 것이라 하더라도 그것이 자기 자신에게 행복을 더 많이 느끼게 해 주지는 않을 것이다.

행복은 현재의 삶 속에 있다

지금은 행복을 생각할 때가 아니다, 마음에 담을 여유가 없다고 하면 안 된다. 삶의 어느 순간 행복하다고 느끼는 것은 지나온 삶 속에 있었던 행복의 총합이지 미래에 있을 행복은 절대 아니다. 오늘 가슴속 한구석을 뭉클하게 하는 일이 있으면 무관심하게 지나치지 말고 가슴속에 차곡차곡 쌓아 두어야 한다. 그것이 언젠가는 자기 자신의 행복 온도를 올라가게 할 것이다.

6

소중하지만
잊고 지낸 것들은 무엇일까?

나 자신의 삶을 돌이켜 보면 수없이 반복된 야근, 휴일을 평일처
럼 출근하여 일을 해도 줄지 않았던 업무, 주기적으로 다가와 많은
스트레스를 주고 간 승진의 경쟁 등으로 점철된 삶이었다.

어느 날 문득 나의 마음이 나에게 물어왔다
"지금 소중한 것들을 갖고 있니?"

그동안 나의 삶에서 정말 소중한 것은 무엇이었나?
언뜻 생각이 나지 않았다. 그래서 내 마음에게 반문해 보았다.
지금까지 나의 모든 것을 쏟아 부어 이루려고 했던 인생의 목표,
꿈이 나에게 전부였고 그래서 그것이 나에게 가장 소중한 것이
아니었나?

마음이 다시 물어왔다.

그래 그렇다고 하자 그런데 지금 그 소중한 것들을 갖고 있나?

한동안 멍해졌다가 정신을 가다듬고 그 소중한 것들이 지금 내 손안에, 내 마음속에 있는지를 찾아보았다. 그런데 있는 것 같았는데 막상 찾아보니 없었다. 이룬 것이 적어서인지 아니면 많았어도 짧은 시간 동안만 존재하다가 사라져 버린 것인지는 모르겠으나 지금 내 손안에, 내 마음속에는 없었다.

나는 마음에게 "늘 갖고 있었던 것 같은데 막상 생각해보니 갖고 있는 것이 없다"라고 말했다.

마음이 다시 물었다. 그러면 그것은 소중한 것이 아니지 않느냐고,

정말 나의 삶에서 소중한 것이었다면 당연히 손에 쥐고 있거나 마음속에 있어야 하는데 없다는 것이 이상하지 않느냐고.

나는 순간, 삶 속에는 중요重要한 것들이 있고 소중所重한 것들이 있다는 것을 깨달았다.

'중요'의 사전적 뜻은 "귀중하고 없으면 안 될 만큼 긴요하다"로 되어 있다.[2] 의미를 부여한다면 나 자신을 굳건케 하고, 지속적으로 계발해 나가게 하는 원동력이고, 나의 자존감을 느끼게 하고, 성취감을 얻게 만드는 물건이며 수단인 것이다. 이것은 우리가 그

토록 잡으려고 열망도 하고, 잡히지 않아 좌절도 하는 우리 인생의 목표, 꿈 그런 것이다. 개인에 따라 다르겠지만, 명예, 권력, 사회적 지위, 돈 등이라 할 수 있겠다. 그러나 이것은 나의 옆에 있다가도 없어지고, 없다가도 어느 순간에 손안에 와 있는 것들이다.

반면에 '소중'의 사전적 뜻은 '지니고 있는 가치나 의미가 중요하여 매우 귀하다'이다.[3] 그 뜻은 물질적인 것보다 정신적인 내면의 가치를 의미한다. 그래서 삶의 행복을 느끼게 하는 근원이 되는 것이고 항상 나의 마음속에 있어야 하는 것이다. 이것 역시 개인마다 생각하는 것이 다르겠지만, 건강, 가족, 부모, 행복 등이 아닌가 싶다.

이것을 깨닫는 순간 나에게 삶에서 정말 소중한 것은 무엇이었나를 물었을 때 바로 답을 할 수 없었던 이유와 지금 그 소중한 것들을 갖고 있나 라는 물음에 가진 것이 없는 이유를 알게 되었다. 결국, 나는 삶에서 중요한 것만 쫓다가 정작 소중한 것들은 잃어버리거나 잊고 살아온 것이다. 중요한 것은 있다가도 없어지는 것이기에 지나간 시절에는 있었지만 지금은 나에게 없고, 소중한 것은 항상 내 마음속에 넣어 두었어야 했는데 그렇게 하지 못해 지금 나에게 없다는 것을 알았다.

---

2) 민중 엣센스 국어사전 제5판, 민중서림, 2001년
3) 민중 엣센스 국어사전 제5판, 민중서림, 2001년

이순이 넘은 지금에 와서야 정말 나 자신이 중요한 것만 쫓고 소중한 것은 소홀히 했는지, 소중한 것들 중에 지금까지 잃어버리거나 잊고 있었던 것은 무엇인지, 또 이것이 나 자신의 문제인지 아니면 우리 삶의 근원적 문제인지에 대한 답을 찾아보기 위해 삶을 복기復棋해 보았다.

지나온 삶을 회상해 보면 바쁘게 살아왔다는 생각 외에 떠오르는 기억들은 많지 않다. 나에게 주어진 업무를 완벽히 해내야겠다는 생각, 조직에서 나의 존재를 인정받아야겠다는 욕망, 시기가 되면 승진을 해야겠다는 갈망, 그리고 조직과 후배들을 위해 뭔가를 해놓고 떠나야 한다는 강박관념과 삶의 화두에 사로잡혀 있었던 시간들이 대부분이었던 것 같다. 그런데 그때는 그것이 나의 삶의 전부라고 생각했다.

지금도 우리 삶의 모습은 그 당시에 비해 별반 차이가 없다. 앞으로도 그럴 것이다. 왜냐하면, 우리 사회는 어차피 경쟁사회이고 열심히 하지 않으면 살아남지 못할뿐더러 삶의 목표에 다다를 수도 없는 것이 오늘날 우리 삶의 현주소이기 때문이다.

물론 금수저의 신분, 타고난 운을 가진 사람 등 극히 소수의 예외는 있을 수 있다. 여기에 너무 불평하거나 매몰되어 있으면 자신을 키워 갈 수 없다. 인정할 것은 인정해 주어야 자신에게 중요한 것과 소중한 것들이 무엇인지 분별할 수 있고 또 앞으로 무엇을 해야 하는지 깨달을 수 있다. 금수저가 아니더라도 자신의 노력 여하에 따라 금수저의 신분 못지않은 인맥을 살아가면서 만들어 갈 수도 있다.

아무튼, 나 자신만 열심히 하면 즉 중요한 것만 쫓아가면 삶은 완성되는 줄 알았다. 그 당시에는 지금 소중한 것으로 생각하는 것들을 중요한 것의 일부분으로 생각했다. 그리고 삶의 소중한 부분은 중요한 것을 쫓아가는 나의 모습에 환호하고 따라오거나, 최소한 그 자리에 있을 줄로 알았다. 그런데 어느 날 보니 따라오기는커녕 제자리에 있는 것들이 하나도 없었다. 내가 그들을 잊어버리고 있는 동안에 그들은 그들의 소중한 것을 찾아간 것이다. 그들이 나의 삶에 소중한 것이었다면 나는 늘 나의 마음 한편에 그들을 붙잡아 두고 있어야 했고 그랬어야 그들도 그들의 삶에서 나를 소중한 것으로 자리매김해놓고 나를 기다리고 있었을 것이다.

삶에서 소중한 것을 잊고 살았다

혹자는 삶에서 가장 소중한 것은 '자기 자신'이라고 한다. 그렇다면 자신을 위해 돈을 벌고, 여행가고, 레저를 즐기고, 여가를 보내는 등 자신만을 위해 살고 나면 후회 없는 삶이 될까? 많은 사람들이 이 세상을 떠날 때 '후회스러워하는 일'을 보면 자기 자신만을 대상으로 하는 삶은 소중한 것이라기보다 중요한 것에 속하는 것 같다.

혜민 스님의 『멈추면 비로소 보이는 것들』이라는 책 제목처럼 삶의 긴 여정에서 되돌아 내려올 때 또는 힘이 들어 잠시 멈추어 설때 자신의 마음속에 실루엣처럼 보이는 것들이 자신의 삶에서 진정 소중한 것들이 아닐까?

우리 모두의 삶의 터전인 사회는 모두가 타산打算적인 관계이다. "주는 것이 있어야 받는 것이 있다"는 옛말 그대로다. 그럼에도 불구하고 이타利他적인 사람들이 있다. 이런 사람들이 내 삶의 여정에 끝까지 옆에서 함께해 줄 수 있는 사람들이다. 나 자신이 힘들때 가까이 와줄 수 있는 사람들이고, 앞만 보고 갈 때에도 잘 되기를 바라는 마음으로 조용히 지켜봐 주는 실루엣 같은 사람들이다. 타산적으로 나의 삶 속에 들어왔다 나갔다 하는 사람들보다늘 나의 삶 속에 머물러 줄 수 있는 이타적인 사람들이 나의삶에서 소중한 의미를 갖고 있는 것이 아닐까 싶다. 그런데 이런 삶의 소중한 것들은 바쁘게 살아오면서 잊어버리거나 잃어버리기가 쉽다.

나는 나의 삶에서 소중한 세 가지를 잊고 살아왔다.

- 2008년 7월 일기에서

우리는 부모님이 늘 우리 곁에 계실 것으로 착각하고 있는 경우가 많다. 나 자신도 그랬다. 열심히 살아가는 것이 부모님께 효도하는 것이라고 생각했다. 그런데 바쁜 것을 내려놓고 어머니를 찾는 순간 옛날의 어머니는 내 옆에 계시지 않았다. 늙고 기력이 쇠한 어머니만 계셨다. 가고 싶어 했던 곳도 갈 수가 없고, 먹고 싶어 했던 것도 제대로 먹을 수 없는 상태가 되어 계셨다. 나의 인생에서 가장 큰 것을 잃어버린 느낌이었다. 짬짬이 마음속에 두고, 하고 싶어 했던 것을 해 드렸더라면 지금 나의 마음속에 이렇게 큰 상실감이 묻어나진 않을 것이다.

　가족도 마찬가지다. 가장家長으로서 최선을 다해 살아가면 아이들은 항상 나의 곁에 있을 줄 알았다. 그런데 어느 날 문득 그들을 불렀을 때 아이들은 나의 세계 속을 벗어나 그들의 세계 속에 있었다. 대화에도 벽이 생겼고 생각에도 벽이 있었다. 아이들이 그들의 세계를 만들어 가는 동안 틈틈이 같이 있어 주었다면 그들의 세계를 이해할 수 있었을 것이고 지금처럼 먼 느낌을 받진 않을 것이다.

　우리는 살아가면서 많은 것을 가지려고만 한다. 그러나 가지려고 하는 것은 자신의 의지대로 되지 않는다. 반면에 살아가면서 잃는 것은 온전히 자신이 하기 나름에 달려있다. 다시 말하면 중요한 것들은 애를 써서 얻으려고 해도 자신의 의지대로 얻어지지 않지만 소중한 것들은 자신에 의해 쉽게 잃게 되거나 잊어버리게 된다는 것을 늘 마음속에 간직하기를 기억해두었으면 한다.

7

삶을 아프게 하는 복병 오해, 어떻게 풀어야 하나?

참! 인생은 오해의 연속인 것 같다. 왜 이렇게 많은 오해 속에 인간들이 살아가야 하는지 모르겠다.

우리들의 생활이 복잡할수록, 경쟁이 심해질수록 오해는 더 많아지리라!

그런데 그 오해는 상대방을 이해하지 않고 자기중심적인 생각에서 생기는 것이 많다. 그것을 일일이 찾아다니면서 풀 수도 없고 그냥 세월이 가면 풀어지겠지 하고 지낼 수밖에.

사람이 살아가는 삶의 터전은 전쟁 그 자체다. 전쟁은 언제 죽음이 올지, 어떤 상황이 올지 아무도 모른다.

확실한 것은 아무것도 없다. 있다면 지휘관, 전우에 대한 믿음뿐이다.

전쟁을 승리로 이끌어 줄 것이고, 나를 살려줄 것이라는 믿음뿐
이다.

공포 속에 서로의 믿음이 있는 것이다.

그런데 삶의 터전에는 그것이 없다.

- 2008년 5월 일기에서

우리의 삶은 나 자신에만 국한된 것으로 생각하기 쉽지만, 실상
은 나 혼자가 아닌 타자와의 관계 속에서 시작된다. 고대 그리스의
철학자 아리스토텔레스(AD384~322)는 "인간은 사회적 동물이다"
라는 말을 남겼다. 현생 인류는 탄생하면서부터 강자가 득실거리
는 자연에서 살아남기 위해 자연히 무리를 지어 생활하였고, 무리
의 규모가 커짐에 따라 조직화 되고, 계급이 생기고, 행동규범, 소
통의 수단(언어) 등이 생기면서 문명사회가 발생하게 되었다.

비록, 현생 인류뿐만이 아니라 그 이전에 지구상에 존재했던 원
시 인원을 포함하여 모든 동물 종들에게는 태고부터 생존을 위해
무리를 지어 살아가면서, 자연히 군생群生의 DNA가 형성되었다고
본다.

어쩌면 아리스토텔레스가 말한 인간만이 사회적 동물이 아니라
지구상의 모든 생물체가 생명을 유지하고, 종의 번식을 위해 군생
의 DNA 즉 사회성을 가지고 있다고 보는 것이 맞을지도 모른다.
이처럼 우리 인간은 선천적 사회성을 가지고 태어났고, 조직 속에
서 또 타인과의 관계 속에서만 살아갈 수 있는 유전적 DNA를 갖

고 있다.

　우리가 살아가는 현대 사회는 17세기 이후 산업혁명과 과학기술의 발달에 힘입어 급속하게 산업화, 도시화, 정보화, 세계화되고 있고, 그 속에서 한 개인이 겪는 어려움과 스트레스는 가늠하기조차 힘들다. 여기에서 생기는 갈등과 소외의 감정은 마치 수백만의 인파가 모인 해수욕장에서 어느 누구로부터도 관심과 보호를 받지 못하고 혼자만이 덩그러니 내팽개쳐져 있는 느낌, 몸은 인파 속에 있지만, 정신은 인파 밖에서 인파 안을 물끄러미 바라보고만 있는 외톨이 같은 자신을 느끼는 감정일 것이다.

　그렇다고 조상으로부터 물려받은 선천적 사회성을 가지고 있는 우리 인간이 사회 속의 삶이 고단하다고 해서 사회를 훌쩍 떠나 어느 누구와도 얽히지 않는 혼자만의 삶을 살 수도 없다.

　이처럼 현대사회에서 우리들의 삶의 모습은 처절한 경쟁 그 자체다. 하루를 시작하기 위해 집을 나서는 순간부터 삶의 치열한 경쟁이 벌어진다. 지하철, 버스 등 대중교통을 타기 위해 발걸음이 바쁘고, 번잡한 도심의 교통난 속에 출근 경쟁이 시작된다. 숨 가쁜 출근 경쟁이 끝나면 쉴 틈도 없이 직장에서 삶의 본질적인 전투가 시작된다. 회의, 보고, 문서 작성 등 온종일 업무와 싸우다 보면 몸은 파김치가 되기 일쑤고, 상사로부터 질책이라도 받고 나면 내가 왜 이러고 사는지 자괴감이 온 마음을 감싸게 되는 순간들이 하루에도 몇 번씩 일어날 때도 있다. 그렇다고 속 시원한 마음으로 사직서를 내고 두 번 다시 쳐다보지도 않겠다는 말을 남기고 회사를 나서는 것도 결코 쉽지 않다. 나를 믿고 행복을 만들어 가는 가족, 무엇보다도 '목구멍이 포도청'이다 보니 감~히 사직이라는 글자를 머리에 떠올리는 것 자체가 엄두가 나지 않는다.

현대는 오해의 사회이다

생활 자체가 경쟁이다 보니 그런 것인가? 인터넷에서 '직장생활을 가장 힘들게 하는 요인'을 검색해 보면 직장 내 어려운 인간관계가 대부분 1위로 올라와 있고, 반대로 '직장생활을 행복하게 하는 요인'을 검색해 보면 이것 역시 직장 내 좋은 인간관계를 유지하는 것이 거의 1위다.

이 결과는 무엇을 의미하는 것일까? 자신을 힘들게 하는 것은 사회가 복잡해서가 아니고, 회사에서의 일이 힘들고 어려워서도 아니다. 사람과 사람의 관계 즉 인간관계가 자신을 힘들게도 하고 즐겁게도 하는 주범임을 증명하고 있는 것이다.

그러면, 직장 내 인간관계를 어렵게 만드는 것은 무엇이고, 좋게 만드는 것은 무엇일까? 그것은 '오해와 이해'일 것이다. 상사와 동료, 후배들과의 관계를 어렵게 만드는 가장 큰 요인은 서로 간에 생기는 오해가 있기 때문이고, 좋은 관계를 유지하게 되는 것은 서로 이해하는 부문이 많기 때문이다. 그러면 우리들은 이런 요인들을 잘 인지하고 있으면서 자신에게도 도움이 되는 '이해하는 생활'을 왜 하지 못하는 걸까?

'인간은 이성적이면서도 감성적인 존재'라고 한다. 뇌 전문가들의 말을 빌리면 오해 등의 감정을 관장하는 뇌가 있고, 이해 등 이성을 관장하는 뇌가 따로따로 있다고 한다. 즉 인간은 뇌 구조적으로 오해와 이해를 반복하면서 살아갈 수밖에 없는 것이다.

법정 스님은 '삶 자체가 오해'라고 했다. "세상에서 대인관계처럼 복잡하고 미묘한 일이 어디 또 있을까"라고도 했다. 또 "사람은 저마다 자기중심적인 고정관념을 가지고 살아간다. 그래서 하나의 상황을 두고 자기 나름의 이해를 한다. 자기 나름의 이해란 곧 오해의 발판이다. 우리는 하나의 색맹에 불과한 존재다"라고 했다.

인터넷 구글에서 '삶과 오해'를 검색해 보면 966,000여 개의 관련 내용이 나온다. 사람과 사람들 간의 오해, 건강에 대한 오해, 동물에 대한 오해, 병에 대한 오해 등등 무수히 많다. 관련 기사를 읽다 보면 우리가 살아가는 사회가 온통 오해로 도배되어 있는 것 같아 현기증이 날 정도다.

우리의 삶이 진실이 없고 가짜와 오해 속에 갇혀있는 것 같은 느낌이 든다. 현대 사회를 정보화 사회라고 하기보다 '오해의 사회'라고 하는 것이 오히려 적합하지 않을까 반문해 본다.

오해의 사회에서는 모두가 자기중심적으로 생각한다.

'오해의 사회'에서는 우리 모두가 자기중심적으로 생각하고 판단한다. 그래서 듣고 싶은 것만 듣고, 보고 싶은 것만 보고, 믿고 싶은 것만 믿는다.

이순耳順에 삶을 말하다

등산을 같이 해 보면 정상을 눈앞에 두고 어떤 사람은 "이제 다왔다" 하고, 어떤 사람은 "이것 밖에 못 왔나"라고 한다. TV에 나오는 연예인을 두고 누구는 "예쁘다!" 하고 누구는 "얼굴 뜯어 고쳤다" 한다. 누구는 콩을 콩이라 하는데 굳이 콩을 팥이라고 우기는 사람들도 있다.

요즘 유행하는 시대적 용어 '내로남불'이 자기중심적으로 생각하고 판단하는 대표적인 현상이다. 이처럼 사회에서 일어나는 현상에 대해 생각과 판단이 사람마다 제각각이다. 생각과 판단을 표현해내는 것도 사람마다 각양각색이다. 어떤 사람은 있는 그대로 말하는 사람이 있는가 하면, 어떤 사람은 자신의 생각과 판단을 색칠해서 주위 사람들에게 전파하는 사람도 있다. 아예 내색하지 않는 사람도 있다. 바로바로 얘기하는 사람이 있는 반면, 기억이 아물아물해질 만큼 시간이 흐른 후에야 얘기하는 사람도 있다.

오늘을 살아가는 우리의 삶이 힘든 것은 바로 이러한 자기중심적 삶의 행태에서 빚어지는 오해들 때문이 아닌가 싶다.

오해에는 두 가지 종류가 있다

첫째는 자신의 말과 행동으로 인해 주위로부터 받는 오해이다. 말과 행동의 대상은 독백이 아니라면 자신이 아니라 타인일 것이다. 설령 자신의 의사를 정확히 전달하기 위한 것이었거나 상대방이나 조직을 위해 한 말과 행동이었지만 타인은 그의 기준으로 판단하기 때문에 의도대로 생각해 주지 않을 때가 많다. 만약 자신의 의사전달 방법이나 표현이 부족했다면 더더욱 상대방은 엉뚱한 방향으로 이해할 수 있다.

상대방이 엉뚱하게 생각하는 방향은 대부분 자신이 그동안 쌓아온 좋은 인간관계를 나쁘게 할 가능성이 많은 방향이다. 왜냐하면, 뇌 신경 전문가들의 연구에 의하면 인간에게는 '샤덴 프로이데'적 심성이 있다고 한다. '샤덴 프로이데'는 독일어 '샤덴(Schaden: 손실, 고통)과 프로이데(Freude: 환희, 기쁨)의 합성어'로 남의 고통이 나의 기쁨'이라는 뜻이다. 비록 독일의 언어를 빌리지 않더라도 "사촌이 논을 사면 배가 아프다"라는 우리 속담도 있다. 특히, 삶의 경쟁이 치열한 현대사회에서 '샤덴 프로이데'적 심성은 아무 죄의식도 없이 기회만 있으면 언제든지 남발될 수 있는 것이다.

두 번째 오해는 자신이 말이나 행동을 한 적도 없고, 자신과는 전혀 관계없는 것임에도 불구하고, 마치 자신이 직접 한 것처럼 누군가가 말을 옮기는 것에서 생기는 오해이다. 이런 오해는 인지하지 못하는 상태에서 직장상사, 동료, 후배들이 자신에 대해 이런저런 사람으로 평가하게 만들고, 어느 정도 시간이 흐르고 말이 돌고 돈 후에야 자신의 귀에 들어오는 오해이다. 이런 오해 속에는 의도적이든 그렇지 않든 일부러 오해를 야기시키는 사람들이 반드시 끼어있다.

이것은 자신도 모르는 상황에서 자신의 품성, 능력, 열정을 폄하하게 만들고 제삼자가 끼어 있어서 사회생활을 더 힘들게 만들곤 한다.

이순耳順에 삶을 말하다

오해들이 우리를 힘들게 한다고 해서 우리는 이 사회를 떠나서 살아갈 수는 없다. 떠나라 해도 떠나면 안 된다. 왜냐하면, 우리를 오해하고 힘들게 하는 그 사회 속에 우리의 꿈과 행복이 있기 때문이다. 그 속에서 부대끼면서 인생을 배우기도 하고 단련시켜 나가야 한다. 그래야 우리가 원하는 삶의 목표를 얻을 수 있다. 아무런 노력도 없이, 아무런 대가도 없이 얻어지는 것은 아무것도 없다. 오해가 많은 사회, 오해가 많은 직장에 우리가 있다는 것, 그것 자체가 우리가 치러야 할 대가이다. 마치 주민세를 내는 것처럼.

오해는 가능한 빨리 풀어라

누구도 살아가면서 오해로부터 자유로울 수는 없다. 오해할 수도 있고, 오해를 받을 수도 있다. 단지 사회생활을 성공적으로 이끌어 가기 위해서는 오해를 어떻게, 가능한 한 빨리 풀어 나가느냐가 중요하다.

우선, 자신이 누군가에 대해 오해를 하는 상황이라면 그것은 풀기가 쉽다. 해결의 주체가 자기 자신이기 때문이다. 그렇다고 스스로 판단해서 오해를 이어가든지 이해를 하든지 하면 안 된다. 이해를 하면 다행이지만 오해를 지속하게 되면 아까운 인생의 동반자를 잃게 되는 상황을 맞을 수 있다.

사람은 그 사람의 입장이 되어보지 않으면 절대 그를 이해할 수 없다. 그 사람의 입장을 알아보지도 않고 스스로 판단하고 오해

를 한다는 것은 더 큰 부메랑으로 되돌아올 수도 있다. 이런 오해
는 반드시 그 사람과 먼저 소통을 해야 한다. 상대방이 마음 아파
하지 않도록 처한 상황을 먼저 간단하게 물어보면 된다. 그래야 그
사람의 진실을 이해할 수 있다. 다행히 그런 행동 속에서 이해의
관계를 가진다면 그 어떤 상황보다도 상대방의 마음을 더 많이,
더 깊이 얻을 수 있고, 자신의 긴 인생을 두텁게 할 수 있는 밑거
름이 될 수도 있다. "비 온 뒤에 땅이 굳어진다"는 옛말은 우리들
자신에게 국한되는 것만이 아니라 타인과의 관계에서도 해당되는
말이다.

두 번째는 오해를 받는 경우이다. 받고 있는 오해는 풀기가 쉽지
않다. 인간이 이성적이고 합리적인 존재라고 하지만 각박한 사회에
서 살아가는 우리의 모습은 그렇지 않은 부분이 많다. 그래서 풀기
가 쉽지 않다는 것이다. 자신이 아무리 그것이 아니라고 해명해도
이해의 몫은 상대방이다.

우리들 삶 속에서 오해라는 단어를 없앨 수는 없는지 정말 답답
하다.
누군가는 대화로 오해를 풀면 되지 한다.
그런데 대화를 해도 풀리지 않는 오해들이 얼마나 많은가.
대화를 할 수 없는 관계일 수도 있고, 자존심 때문일 수도 있고.

— 2008년 6월 일기에서

KBS 오락 프로그램 중에 1984년 4월부터 2009년 4월까지 26년 동안 인기리에 방송된 '가족 오락관'이 있었다. 이 프로그램 중에 가장 인기 있었던 게임은 아마 '고요속의 외침'이었을 것이다. 이 게임은 시끄러운 음악이 나오는 헤드폰을 쓰고 앞사람이 말하는 짤막한 단어를 듣고 다음 사람에게 전달해서 마지막 사람이 첫 단어를 알아맞히는 릴레이식 게임인데 첫 단어를 알아맞히는 확률은 매우 낮았었던 것으로 기억한다.

당시 시청자들에게 이 게임이 인기가 있었던 이유는 헤드폰을 쓴 사람마다 엉뚱한 단어를 말하는 데 있었다고 본다. 이것은 같은 말을 해도 듣는 사람이 처해진 상황에 따라 받아들이는 의미와 생각이 다 다를 수 있다는 것을 보여준다.

이처럼 남의 말도 자기 기준으로 듣고 이해하려고 한다. 그래서 한번 받은 오해는 쉽게 풀어지지 않는다. 그렇더라도 가능한 한 빨리 풀려고 노력해야 한다. 이것은 시간이 흐를수록 풀기가 어려워진다. 누군가에게 한번 들은 상태의 마음은 똑같은 말을 두세 번 들은 상태의 마음보다 훨씬 쉽게 상황을 이해시킬 수 있기 때문이다.

오해를 풀 때를 놓치지 마라

오해를 풀려고 할 때는 "그것이 아니다"라고 해명부터 하려고 하면 안 된다. 이것은 또 다른 오해를 낳을 수 있고 변명처럼 들릴 수 있다. 중요한 것은 오해가 자신으로 인해 생긴 것이든, 자신과는 아무 연관이 없이 생긴 것이든 오해가 발생한 것 자체에 대해 잘못을 인정해야 한다. 먼저 잘못을 인정하고 진실한 마음을 보여야 그나마 상대방이 받아줄 가능성이 높다. 잘못을 인정하는데 자존심 상해하거나 주저해선 안 된다. 빨리하면 할수록 마음의 고통을 줄이고 예전의 관계를 회복하기 쉽다. 조그마한 자존심 때문에 오해를 풀 때를 놓쳐 인생의 큰 기회를 놓치고, 돌아갈 수 없는 관계가 된다면 두고두고 후회스럽고 가슴 아픈 상처가 된다. '호미로 막을 걸 가래로도 막을 수 없는' 우를 범해선 안 된다.

이순이 넘은 지금 생각해 보면 나 역시 오해도 했고 오해를 받은 것이 많았다. 오해를 받은 것 중에는 아직도 마음의 아림이 있는 것도 있다. 왜 그 당시 오해를 풀려고 노력을 하지 못했나 하고 때늦은 후회스러움이 많다. 때를 놓치지 않고 오해를 풀었으면 죽을 때 후회할 일이 한 가지 줄어들었을 텐데.

오해로 인해 우리 모두의 삶이 힘들어지지 않기를 기도해 본다.

이순耳順에 삶을 말하다

8

우리는 왜
해바라기 인생이 되는가?

해바라기는 '꽃이 해를 향해 핀다'라는 의미에서 유래되었다고 한다. 영어의 이름도 Sun+flower로 구성되어 있는 것을 보면 맞는 말 같다. 사전적으로 '추울 때 양지바른 곳에 나와 햇볕을 쬐는 일'의 뜻도 있다.

해바라기는 꽃에서 풍기는 시원함과 소박함으로 인해 시, 노래, 그림 등으로 사람들과 늘 가까운 곳에서 편안한 교감交感을 공유하고 있다. 또 세상을 살아가는 인간의 모습으로 비유되기도 하는데, 이럴 때는 사람들이 해바라기 꽃에 대해 느끼는 감성보다는 해바라기가 커가는 특성을 고려해서 비유하고 있다.

해바라기를 인간의 모습으로 비유할 때 사람의 감성 속에는 상반되는 두 개의 이미지가 자리매김하고 있는 것 같다. 첫 번째는 시대가 바뀌고 주위의 환경이 변화하더라도 묵묵히 자신의 일만 보고 열심히 살아가는 유형의 사람, 두 번째는 줏대 없이 양지만을 좇는 유형의 사람으로 바라보는 이미지가 있다.

첫 번째 해바라기형의 사람이어야 한다는 것은 두말할 필요가 없다. 그야말로 이 시대에 필요한 우리들의 모습이다. 나는 두 번째 해바라기형에 속하는 모든 사람들이 첫 번째의 해바라기형의 사람으로 탈바꿈되면 좋겠다는 희망을 늘 갖고 있다. 그래서 이 사회의 주류가 첫 번째 해바라기형의 사람들이 되었으면 좋겠다. 욕심을 낸다면 첫 번째 해바라기형 90%, 두 번째 해바라기형 10% 정도다. 그런데 오늘날 우리 사회의 모습은 오히려 그 반대인 것 같아 안타깝다.

장長만 바라보는 해바라기는 시들게 마련

두 번째 해바라기형의 성격은 태어나면서부터 타고나는 것일까. 아니면 각박한 경쟁사회 속에서 살아남기 위해 그렇게 되는 것일까. 아마 모든 사람이 두 번째 이유 때문이라고 답할 것이다. 그렇다면 또 의문이 생긴다. 자기 자신의 탓일까 아니면 다른 뭔가의 영향 때문일까. 이순의 삶을 살아온 나의 경험으로 보면 우리 사회의 크고 작은 조직의 장長들 때문이라고 말하고 싶다.

크고 작은 조직의 長들이시여!
長이 되시는 순간, 모든 부하 직원들은 당신을 바라보는 해바라기가 되나이다.

당신을 바라보는 해바라기가 아니라 조직의 미래를 바라보는 해바라기가 되게 하소서.

당신이 영원히 그 자리에 있지 않을진대 해바라기들은 다음 또 어느 쪽으로 고개를 돌리게 되겠나이까.

당신이 영원한 조직의 미래가 아닐진대 부하 직원들이 당신만을 바라보는 해바라기가 되지 않도록 하소서.

당신의 얼굴은 두 개가 있나이다. 현재의 얼굴과 미래의 얼굴이나이다.

해바라기도 희망의 해바라기와 시들어가는 해바라기가 있나이다.

당신의 현재 얼굴을 바라보는 해바라기들은 시들어가는 해바라기이고,

미래의 얼굴을 바라보는 해바라기들은 희망의 해바라기이외다.

당신의 얼굴을 바라보게 하면 쉼 없이 고개를 바꾸다가 시들게 되고, 미래를 보라고 하면 자신의 모든 것을 걸고 아름다운 꽃을 피울 것이외다.

어떤 해바라기로 키울 것인가는 당신의 책임이외다.

長들이시여! 부디 당신을 바라보는 해바라기들이 되지 않게 하소서.

당신은 해바라기 몇 개를 잃는 아쉬움이 있겠지만 모든 해바라기들이 활기차고 아름답게 커가는 모습을 보게 될 것이외다.

조직은 해바라기들이 아름답게 필 때 당신을 자랑스러워 할 것이외다.

- 2008년 10월 일기에서

우리는 사회생활을 하면서 때가 되면 승진을 하게 되고 또 크고 작은 조직의 장이 되어 조직을 이끌어 가는 리더가 된다. 그런데 이상하게도 대부분의 사람들은 리더가 되는 순간 세 가지의 오만에 빠져든다.

첫 번째는 리더가 된 배경에는 모든 것이 자신의 능력에 의한 것이라고 하는 오만이고 두 번째는 자신의 생각은 모두 옳고 구성원들이 하는 얘기는 모두 틀리다는 오만이다. 세 번째는 조직을 자기 마음대로 할 수 있다는 오만이다.

물론 조직의 발전을 위해서는 일부분 리더 자신의 의지대로 끌고 가야 하고, 자신의 그동안의 경험과 직관으로 판단하고 결심을 해야 할 경우도 있다. 이것을 부인하는 것은 아니다. 그러나 대부분의 경우 이런 오만으로 인해 리더는 조직이 자기 개인의 것인 양 마음껏 해보고 싶은 유혹에 빠지기 쉽고 그 유혹 뒤에는 조직의 발전을 위하기보다는 개인의 야망을 채우기 위한 사심私心이 더 많이 들어가기가 쉽다는 것이다.

이순耳順에 삶을 말하다

그러다 보니 조직원들을 조직 발전을 위해 함께 가야 할 대상으로 보지 않고 자신의 사심을 채우기 위한 수단으로 생각하는 경향이 많다. 그래서 자신의 생각과 의도에 맞춰 일해야 하고 자신에게 충성을 다 해야 한다는 굳은 생각을 갖게 된다. 그렇지 않은 조직원들은 자신의 사심을 채워줄 능력이 없을 뿐만 아니라 자신을 불편하게 만드는 존재로 오해를 하고 멀리하게 된다.

어느 조직원인들 장長이 자신을 멀리하는 느낌을 알아차리지 못하겠는가. 살아남기 위해 어쩔 수 없이 장長의 옆에 붙어서 잘 보여야 하고, 장長의 입맛에 맞는 말을 하다 보면 본인도 모르게 서서히 시들어가는 해바라기가 되지 않을 수 없지 않은가! 결국은 조직의 장長이 사심을 갖고 하는 자기중심적 의사결정과 인사관리로 인해 조직원들을 시들어가는 해바라기로 만들고 있는 것이다.

시들어가는 해바라기는 결국 장長을 피폐疲弊하게 한다

2013년 교육부, 고용노동부 및 한국직업능력 개발원에서 OECD에서 실시한 '국제 성인역량조사' 결과를 내놓은 적이 있었다.

그 자료에 따르면 다양한 사회활동 및 직업생활에 필수적인 요소인 언어능력, 수리력 및 컴퓨터 기반 환경에서의 문제해결 능력에 대해 24개국, 16~65세 성인 157,000명을 대상으로 조사한 결과 우리나라는 연령 간 편차가 가장 심한 나라로서 16~24세로 한정할 경우 OECD 평균보다 높았고, 25세 이상은 평균보다 낮았다

고 한다. 다른 나라의 경우는 30~35세에 가장 높았다고 한다.[4]

역설적으로 우리나라 성인들은 대학생 시절까지는 문제해결을 위해 창의적인 사고思考를 많이 하다가 직장생활을 시작하고부터는 두 번째 해바라기형의 사람들이 되어서 상대적으로 창의력이 많이 떨어진다는 것을 보여주고 있다. 즉 리더 자신이 만든 시들어가는 해바라기형의 조직원들은 창의성이 떨어져 장長 자신에게는 물론 조직에 도움이 별로 되지 않는 것이다.

조직원들 개개인의 삶의 많은 부분은 리더에게 영향을 받기 때문에 리더는 개인적 신분일 때보다 더 많은 운과 능력이 필요하고, 오만에 빠져들지 않는 자신의 성찰이 필요하다. 리더가 오만에 빠져들면 마음이 닫혀 조직을 마음대로 전횡하게 되고, 눈과 귀가 멀어 인재를 보지 못해 아첨하고 비위를 맞춰주는 사람들만 주변에 있게 된다. 조직이 그런 상태가 되면 조직력과 경쟁력이 급격히 떨어져 종국에는 사멸되는 위험에 직면할 수 있다.

우리는 지나온 역사 속에서 수많은 국가와 기업들이 리더의 잘못으로 인해 망한 모습들을 보아왔다. 망하는 모습에서 그 원인을 찾으라면 당연히 시들어가는 해바라기형의 사람들이 리더 곁에 득실거리고 있다는 것이다.

---

4) 인터넷 구글. 2013년 OECD 국제 성인역량 조사(PIAAC) 주요결과 보도자료. 교육부, 고용노동부. 2013.10.

이순耳順에 삶을 말하다

다행히 최근 젊은 세대들의 삶의 기준은 권력, 돈, 사회적 지위 등에 있지 않고 여행, 레저 등의 자기중심의 시간 관리가 있는 삶이라고 한다. 이런 삶 속에는 직장에서 리더의 눈치를 보지 않고, 자신이 가진 창의적인 끼를 발휘할 수 있는 정신이 들어있다. 우리의 젊은이들에게는 시들어가는 해바라기형의 인간이 많이 줄어들 것 같아 다행이다.

자존감을
높여주는 삶의 화두話頭

이제는 자신의 그릇에 담아야 할 것과

담지 말아야 할 것을 가려낼 수 있는

지혜가 필요한 시대임을 늘 마음에 담아 두자.

9

삶의 모든 결과는
내 탓이다

사람은 살아가는 동안 끊임없이 크고 작은 삶의 결과들을 만난다. 어느 정도 이성적 판단이 작용했던 고교 시절을 돌이켜 보자. 기말시험 성적을 받아들고 좋아했거나 마음 아파했던 일, 늘 가까이서 마음의 든든한 후원자가 되어 주었던 친구와 또 친구와의 만남으로 인해 힘들고 어려운 상황을 겪었던 일, 나름대로 열심히 공부해 목표로 한 대학에 합격하여 뿌듯해 했거나 그렇지 못해 절망스러웠던 일 등 이 시대를 살아가는 사람이면 누구나 겪었던 고교 생활의 단편들이다.

이런 삶의 결과들은 비단 고교 시절 때만 있었던 것은 아니다. 대학생활에서는 고교생활 때보다 더 많았고, 사회생활에서는 대학생활 때보다 비교도 안 될 정도로 다양하고 복잡하다.

이런 결과들로 인해 현대를 살아가는 사람들은 크고 작은 번민과 아픔, 후회, 아쉬움 등을 늘 마음속에 담고 있다. 특히, 사회생활을 하면서 부딪치는 삶의 결과들은 나와 타인, 나와 조직과 연계된 부분이 많고, 자신의 인생에 행복과 불행, 삶의 질과 방향에 직접적으로 영향을 미친다. 이런 삶의 과정이 싫거나 두려워서 혼자서 살아갈 수도 없다. 현대처럼 문명사회에서 혼자 산다는 것은 문명의 이기利器들이 영향을 미치지 않는 무인도에서의 삶을 의미한다. 결국, 우리는 조직 속에서, 타인과의 관계 속에서 자신의 존재 가치와 삶의 목표를 찾아야 한다.

돌이켜 보면 이러한 삶의 결과들은 그때마다 나에게 힘과 용기를 준 것들도 있었고, 좌절과 상실을 준 것들도 있었다. 결국은 이런 좋고 나쁨의 모든 결과들이 어느 시점 내 삶의 목표를 설정케 했고, 이를 이루기 위해 노력해 가는 여정 속에 인생의 가치관을 갖게 하는 동인이 있었다고 말하고 싶다.

삶의 결과에 대해 "왜?"라고 물어라

세상을 살아가면서 나에게 돌아오는 모든 것들은 나의 결심과 행동의 결과이다. 직접적인 결과도 있고 간접적인 결과도 있다. 내가 인지할 수 있는 것도 있고 인지할 수 없는 것도 있다. 어떻게 보면 이런 모든 결과들이 나의 운명인지 모른다. 그 당시는 최선을 다했는데 그것이 '나비효과'로 한참을 돌아 나에게 역효과가 되어 온다면 어떻게 하겠나!

- 2008년 5월 일기에서

세상만사 이유 없는 결과는 있을 수 없다. 내가 사고하고, 판단하고, 결심한 것들이 직접적이거나 간접적으로 모두 연관이 되어있다. 또 나와 아무런 연관이 없음에도 불구하고 내 삶의 결과에 영향을 미치는 것들도 있을 수 있다. 앞의 결과는 내가 직·간접적으로 행위를 한 것이기 때문에 필연적인 결과이고, 뒤의 결과는 우연적인 결과이다.

우연적인 결과는 나에게 절대 일어나지 않을 것이라고 생각하지만, 그러나 누구에게나 일어날 수 있는 것이다. 왜냐하면 우연의 결과는 운으로 오기 때문이다. 운도 결국은 자신이 태어날 때 가지고 오는 것이기 때문에 자신과 연관이 있는 것으로 볼 수 있다. 운에 대해서는 다음에 얘기하기로 하고 여기서는 필연적인 삶의 결과에 대해 얘기하자.

살아가면서 겪는 필연적인 삶의 결과들은 무엇과도 바꿀 수 없는 삶의 소중한 자산이다. 돈, 부동산처럼 자신에게 있다가 없어지기도 하는 유형의 자산이 아니다. 자신이 살아 있는 동안 늘 자신 속에 있는 무형의 자산이다. 이름이나 지위, 재산이 자신의 존재를 나타나게 하는 것이 아니라 삶의 결과들에서 얻은 내면적 자산이 곧 자신의 모습이다.

중요한 것은 이런 필연적인 삶의 결과들을 많이 겪는다고 다 자산이 되는 것은 아니다. 따라서 삶의 결과들을 접할 때마다 좋은 결과는 좋은 대로 나쁜 결과는 나쁜 대로 자신의 것으로 만드는 노력이 필요하다. 자신의 것으로 만들기 위해서는 우선, 자신한테 일어난 결과에 대해 '왜?'라는 질문을 던져야 한다. "왜 내게 이런 좋은 일이 일어났을까? 왜 내게 이런 힘든 일이 생긴 거야?"라고. 그래야 원인이 보이고 답이 보인다. 자신 것으로 만들어야 하는 것은 바로 그 답이다. 그 답을 자신의 것으로 만들어야 앞으로 삶의 과정에 좋은 결과들이 일어날 수 있도록 자기 삶을 주관할 수 있고 자신을 한 단계 발전시킬 수 있다.

답을 어떻게 찾아야 할까?

에이, 내가 재수가 없어 이런 결과가 나에게 온 것이야. 아니면 이건 내가 잘못한 것 없어. 나는 잘했는데 직장 후배가 일을 잘못해서 결과가 이렇게 된 거야. 혹은 직장 상사가 내 의견을 무시하고 인정해 주지 않았기 때문에 일이 이 지경으로 돼 버린 거야. 이런 답은 올바른 답이라고 할 수 없다. 자신의 것으로 만들어도 전혀 도움이 되지 않는 답이다. 잠시나마 마음의 위안은 얻을 수 있으나 자신에게 일어난 상황에 대한 근본 원인을 인지할 수 없다. 자신을 볼 수 없다는 것이다. 자신을 보지 못한다는 것은 자신을 한 단계 성숙시킬 수 없다는 것이다. 자신을 정확히 보아야 올바른 답을 구할 수 있다.

그럼, 자신을 정확히 보기 위해서는 어떻게 해야 할까?

일어난 삶의 결과에 대해 '내 탓'으로 생각해야 한다. 삶의 결과를 모두 내 탓으로 돌리기는 쉽지 않은 결단이다. 사람은 누구든지 나쁜 상황에 직면했을 때는 나에게 불이익이 돌아오지 않을까? 주위 사람들로부터 비난을 받지 않을까? 승진의 기회에 영향을 받지는 않을까? 등으로부터 불안감을 갖게 된다.

이런 불안으로부터 탈피하기 위해 인간의 뇌는 본능적으로 방어기제를 작동한다. 방어기제가 발동되면 잘못된 부분에 대해서는 '남의 탓'부터 먼저 찾게 된다. 혹자는 본능에 따라 잘되면 내 탓, 잘못되면 남의 탓으로 돌리라고 한다. 그것이 긍정적이고 낙관적인 삶을 살 수 있는 방법이라고 한다.

그러나 지금까지 살아온 경험으로 볼 때 어려운 일에 부딪힐 때는 우선 남의 탓이 아닌 자신의 탓으로 생각하는 것이 좋다. 100% 자신이 잘못한 상황이면 더 이상 말할 필요가 없겠지만, 이 사회가 혼자만 살아가는 것이 아니기 때문에 누군가로 인해 자신에게 닥쳐온 시련이 반드시 있을 것이다. 이러한 상황을 자기 자신의 탓으로 돌려서 부딪혀 보면 억울하고, 안타깝고, 아쉬움이 있을 것이다. 억울함을 다 말하지 못해 마음이 답답하고, 힘들고, 고통이 있을 것이다. 이것을 극복해야만 진정으로 자신을 볼 수 있다. 이렇게 해야 자신의 인생에 자신이 주관자가 될 수 있고 어떤 상황에서도 스스로 판단하고 자신의 인생을 원하는 대로 디자인해 나갈 수 있다.

내 탓을 일깨운 한 통의 문자

내게도 견디기 힘들었던 삶의 결과들이 있었다. 그 시기에 정말 최선을 다해 일을 했다. 당시 내 삶의 모습은 일 자체였다. 그런데 기대와 달리 승진에서 떨어졌다. 당연히 내가 부족한 탓으로 생각하고 스스로를 위로했다. 부족한 부분을 보완하기 위해 좀 더 배우고 노력하자고 마음을 다독였다. 그런데 얼마 지나지 않아 낙선한 이유가 당시 인사권자의 편이 아니었다는 소문이었다. 그때 "편이 뭐지?" 라는 생각이 들었다. 편이란 그때그때마다 주어진 조직에서 주어진 일을 하지 않고 조직 외의 사람을 쳐다보고 있는 것이 아닌가! 그때부터 낙선의 이유가 내 탓이 아니고 남의 탓으로 마음이 기울게 되었다. 그러다 보니 조직에 대한 원망, 인사권자에 대한 원망이 내 마음을 채우기 시작했다. 나의 부족한 부분이 당연히 보일 리가 없었다.

그러던 어느 날 아내로부터 한 통의 문자가 왔다.

주권자가 나에게 분을 일으키거든 너는 네 자리를 떠나지 마라.
공손함이 큰 허물을 용서받게 하나니라.

— 2008년 5월 일기에서

나는 순간 깨달았다. 남을 원망하느라 내 자리를 이탈했구나. 다시 내 자리로 돌아왔다. 문제가 보였다. 나를 중심으로 생각하면 인사권자가 옹졸하게도 오해를 하고 편을 가르고 있는 것이었지만 인사권자를 중심으로 보면 그럴 수도 있겠다는 생각이 들었다. 모든 것이 이해가 됐다.

중국 고전『중용』편에 이런 문구가 있다 "不怨天不尤人(불원천불우인), 즉 하늘을 원망하지 말고 남을 탓 하지 말라"는 뜻이다. 남의 탓으로 돌리면 자기 자신을 볼 수 없기 때문에 원인의 본질을 파악할 수 없게 된다.

요즘 간간이 집 뒷산인 법화산 둘레길을 걷는다. 둘레길을 따라 소나무와 온갖 활엽수들이 싱싱하게 커가고 있다. 어떤 나무는 패인 흙으로 인해 뿌리를 거의 다 내놓고 남아있는 몇 개의 뿌리로 겨우 힘을 지탱하고 서 있다. 둘레길에는 수많은 사람의 발에 밟히면서도 꿋꿋하게 다시 일어서곤 하는 이름 없는 잡풀들도 많다. 때로는 그런 잡풀들이 앞서 지나간 사람들의 발에 잎이 찢긴 채 아픔을 참고 빙긋이 나를 맞이하는 것 같아 마음이 아린다. 그럴 때면 화들짝 바로 옆 풀이 없는 맨땅으로 발길을 피한다.

뿌리를 다 드러낸 나무는 늘 볼 때마다 그 자리에서 씩씩한 모습으로 서 있고, 사람들의 발길에 상처투성인 들풀도 자리를 옮기지 않고 늘 그 자리에서 나를 반긴다.

이들은 자신의 자리를 탓하지도 않고 자신을 밟는 사람들을 원망하지도 않는다. 이들의 자리는 우리 인간들보다 열악하지만 그들의 모습은 우리 인간보다 훨씬 밝고 건강하다. 근근이 서 있는 나무와 온갖 상처로 가득한 들풀로부터 '내 탓'의 중요성을 다시 한 번 깨닫는다.

10

공짜 좋아하는 인생,
남는 것 없다

어느 날 하루의 업무가 끝나고 저녁 회식자리가 있었다. 식탁 위에 차려지고 있는 음식들을 보면서 한창 식욕이 돋고 눈 호강을 하고 있는데, 상석에 앉아있던 분이 "세상에 가장 맛있는 음식은 뭐지?" 하고 화두를 던진다. 음식점 내 조그만 공간이 순간적으로 조용해졌다. 잠깐 침묵이 흐르는 동안 서로 눈치만 보면서 누구도 먼저 대답하지 않았다. 혹시 대답을 잘못해서 괜히 핀잔을 들을 필요가 없다는 심산인 것 같았다. 그러자 그분이 그것도 모르나 하는 의기양양한 표정으로 "가장 맛있는 음식은 공짜 음식이야"라고 한다. 그때서야 모두들 한바탕 웃는다. 그런데 웃음소리들이 조금씩 이상하게 들린다. 누구는 박장대소다. 아마 전적으로 동의하는 의미인 것 같다. 누구는 마지못해 따라 웃는다. 옆에서도 쉽게 알아볼 수 있는 마지못해 웃는 웃음에는 쉽게 동의 되지 않는 마음이 있는 것 같다.

웃음의 소란스러움이 채 가시기도 전에 옆에 앉아 있는 사람이 들릴락 말락 낮은 목소리로 "공짜 밥은 몸에서 영양분 섭취도 잘 안 되고 체하기 쉽다"고 하지 않아도 될 한마디를 굳이 한다. 세상에 공짜 좋아하지 않는 사람 없다던데 마음에 없는 웃음소리와 나지막한 목소리의 주인공들을 봐서는 공짜를 좋아하지 않는 사람도 있구나 하는 생각이 들었다.

이미 대중에 회자되고 있는 『장자』편에 나오는 이야기 하나를 소개한다.

옛날 어떤 임금이 백성을 다 잘살 수 있게 하는 방법을 고민하다가 신하들에게 그 비결을 알아오라고 했다. 신하들은 논의를 거듭한 결과 12권의 책으로 만들어 보고했다. 그러자 임금은 내용이 너무 많으니 간단하게 줄이라고 했다.

신하들은 고심해서 12권을 1권으로 줄여서 보고를 했는데, 임금은 백성들이 다 읽고 이해하기가 어려울 것이니 한 문장으로 줄이라고 했다. 신하들은 결국 짧은 한 줄의 문장으로 만들어서 보고를 했는데, 임금은 "바로 이것이다. 참으로 훌륭하다. 백성들이 이것을 알고 이대로만 행한다면 틀림없이 다 잘살 수 있을 것이다"라고 했다. 그 문장이 바로 "이 세상에 공짜는 없다"는 것이었다고 한다.

이순耳順에 삶을 말하다

신하들은 왜 하필이면 모든 백성을 잘 살 수 있게 하는 방법으로 "세상에 공짜는 없다"는 결론을 얻었을까?

신하들이 모든 지식을 동원해서 백성들이 잘 살 수 있는 방안을 아무리 찾아봐도 현실적으로 모든 백성들을 잘 살게 해줄 수 있는 방법이 없어서 "백성 너희들이 공짜만 바라고 있기 때문에 잘 살지 못한다"라고 책임을 백성들에게 돌린 것은 아닐까?

어쩌면 임금은 '우문'을 했고 신하들은 '현답'을 했다고 본다. 온갖 지식과 정보가 널려있고 그 어떤 시대보다도 지식인이 많은 현대 사회에서도 그 답을 찾아보라고 하면 아마 2,000여 년 전의 그 답과 별반 다르지 않을 것이다. 왜냐하면, 책임을 백성의 탓으로 돌렸기 때문이다. 책임이 백성에게 있는데 임금과 신하가 백성을 잘 살 수 있게 하는 방법은 아무리 고민해도 없다는 것이다. 이것보다 더 명쾌한 답이 어디 있을까!

"이 세상에 공짜는 없다"의 진정한 의미는?

『장자』 편에서, 백성들이 잘 살지 못하는 이유는 단지 백성들이 공짜를 좋아하기 때문인 것으로 끝난 것일까? 모든 백성들이 잘 산다는 것과 공짜를 연계시켜 백성들에게 이야기하고 싶은 진정한 의미는 무엇이었을까?

우리의 삶은 물질적인 삶과 정신적인 삶이 복합되어 있다. 두 개의 요소가 균형적이고 조화롭게 향상될 때 개인이 누리는 행복감은 극대화된다. 그러나 아쉽게도 이런 부류의 삶은 우리에게 많이 주어지지 않는다.

개인에게 물질적인 삶이 정신적인 삶보다 강할 때는 언뜻 잘 살고 행복해 보이겠지만 실상은 그렇지 않은 경우가 많다. 그런 사람은 통상 황금만능주의자로서 현재의 삶에 만족할 겨를이 없다. 가진 것이 아무리 많아도 성취감과 행복감을 느끼지 못한다. 계속적으로 뭔가를 더 갖지 못하면 불안하고 초조해진다. 그래서 좀 더 많이 갖기 위해서는 모든 수단을 동원한다. 이런 사람들은 자신이 능력껏 노력해서 얻기보다는 공짜라는 수단을 이용해서 쉽게 더 많이 얻으려고 한다. 받는 사람의 입장에서는 공짜이고 주는 사람의 입장에서는 뇌물이다. 뇌물은 보다 더 큰 것을 바라면서 주는 것이고 그 뇌물의 대가로 더 큰 것을 얻었다면 그 얻은 부분은 공짜에 해당될 것이다. 이렇게 해서 부를 축적하고 사회적 지위를 얻었다고 해서 『장자』 편에서 이야기하고자 하는 잘 사는 백성들일까? 이런 사람들이 백성으로 가득 채워진다면 그 나라 모든 백성들이 잘 살 수 있게 될까?

반면에 정신적인 삶이 물질적인 삶보다 강할 때는 늘 감사한 마음이 생긴다. 자신이 스스로 노력한 대가로 얻은 것에 대해 뿌듯한 마음이 충만해진다. 어느 로또 1등 당첨자의 인생스토리 속에서 한 이야기다. 당첨 후 사업 등으로 당첨금을 모두 날리고 추가로 빚을 진 후, 하루하루 노력으로 돈을 벌어 인생을 착실히 살아가면서 보니 인생에 가장 행복했던 순간은 "로또 1등 당첨된 날이 아니고 조그만 가게를 열어 40만 원을 번 첫날이 더 행복했었다."고 했다.

사람이 행복을 느끼는 것은 단지 물질적인 얻음에서 오는 것이 아니다. 인간이 동물과 다른 것은 '사유하는 것'이라 했다. 동물은 배가 고플 때는 먹을 것을 찾고, 피곤함을 느낄 때 잠을 잔다. 인간이 동물과 달리 사유한다는 것은 먹고 자는 것 외에 인간만이 가지고 있는 가치를 추구한다는 것이다.

가치는 물질적인 것이 아니라 정신적인 것이다. 정신적인 가치를 찾을 때 비로소 인간은 행복감을 느낄 수 있다. 물질적인 부분이 다소 부족하더라도 정신적인 부분이 충족될 때 우리 인간은 잘 산다는 느낌을 가질 수 있다.

『장자』편에서 모든 백성이 잘 살 수 있는 비결을 "이 세상에 공짜는 없다"라고 한 것은, 물질적인 삶보다 정신적인 삶을 강조한 것이고 백성들이 공짜를 바라지도 않고 주지도 않고 자신의 노력으로 얻는 삶을 살아갈 때 진정한 행복을 얻을 수 있다. 이것이 모든 백성들이 잘 살 수 있는 길이라는 결론을 내린 것이라 판단된다.

이처럼 장자 시대에 백성을 다 잘 살 수 있게 하기 위하여 기라성 같은 신하들이 고민해서 얻은 결론이 '이 세상에 공짜는 없다'인데 2,000여 년이 지난 오늘을 살아가는 우리의 사회에서는 아직도 공짜를 좋아하는 사람들이 너무 많은 것 같다. 그때 상석에 앉

앗던 분도 그렇고, 공감이 돼서 박장대소를 지은 사람들도 그렇다. 또 실제로 주위를 간단하게 둘러봐도 세상에서 가장 맛있다는 공짜 밥을 먹는 사람, 저녁 뉴스에 단골 메뉴로 등장하는 공짜 뇌물 등 공짜를 좋아하는 사람들이 수없이 많다.

『장자』편에 나오는 이야기가 맞다면, 역설적으로 오늘날 우리 사회에 잘 살지 못한다고 생각하는 사람이 많이 있는 이유는 공짜를 좋아하는 사람들이 우리 주변에 많이 있어서 그런 것은 아닐까 하고 생각해 본다. 물론 답은 개개인의 몫이다.

공짜 인생을 부러워하거나 탐하지 마라

우리 인간은 사유하는 동물이다. 사유를 통해 우리 자신은 발전하고 성숙해진다. 공짜를 좋아하는 사람들의 머릿속에는 사유하는 것이 적다. 그런 사람들에게는 아무리 많은 것을 가졌다 하더라도 성숙되거나 존경스러워야 할 모습이 안 보인다. 천박한 모습만 보인다. 우리는 사유 없이는 행복을 느낄 수 없다. 행복을 느끼는 것은 우리가 타고난 최대의 권한이다. 행복을 느끼지도 못해보고 인생을 끝내는 것만큼 후회스러운 일은 없다.

공짜는 우리 인생을 망치는 마약과도 같다. '무한불성無汗不成, 땀을 흘리지 않고는 이룰 수 없다'는 사자성어가 오늘따라 마음에 진하게 와 닿는다.

11

지는 낙엽에서
인생을 배운다

한낱 나무도 한 해의 무거운 잎을 모두 다 떨어뜨려 놓는다.
그런데 난 한 해가 아니라 60여 년의 모든 욕심을 아직도 내려놓
지 못하고 무거운 짐을 지고 있다. 오늘 떨어진 낙엽을 보면서 한
없이 나 자신을 나무랐다. 나무만도 못한 사람이라고.

내년에 싱그러운 잎을 피우기 위해 올 한해 온 힘을 다해 피운
잎을 아낌없이 떨어뜨리는 나무를 보면서, 이제 나도 지금까지
짊어지고 온 온갖 욕심의 짐들을 떨어뜨리고 싶다.
저물어 가는 가을의 자락에서 나무로부터 삶의 철학을 배워
본다.

－ 2015년 11월 일기에서

사람은 태어나면서 자기 '그릇'을 가지고 태어난다고 한다. 살아가면서 그 그릇 속에 부와 명예, 지위, 건강, 행복 등 온갖 것을 차곡차곡 채워 넣는다. 그것이 어느 순간 그 사람의 위상이 되고 얼굴이 된다.

어떤 사람은 일평생 동안 넘치지도 않고 부족하지도 않게 모든 것을 빈틈없이 잘 채워 넣는 사람이 있는가 하면, 어떤 사람은 넘쳐나게 넣는 사람도 있고, 다 채우지 못하는 사람도 있다.

자기의 그릇은 자신이 살아가면서 필요한 모든 것을 담지 못할 정도로 작지도 않고, 그렇다고 필요하지도 않고 올바르지도 않은 것을 모두 넣을 수 있을 만큼 크지도 않다. 올바르게 노력해서 자기 그릇에 담는 것이면 아무리 담아도 넘치지 않는다.

간혹, 타고난 복福이 너무 많아 올바르게 노력해서 얻은 것임에도 불구하고 그릇이 넘치는 사람들도 있다. 이런 사람들은, 그릇이 먼저 그의 주인에게 '담을 곳이 없으니 먼저 담은 것을 적절히 내려놓고 그 빈 곳에 새롭게 얻은 것을 담자'고 제안한다. 그 제안을 곧바로 받아들인 사람들을 우리는 '노블레스 오블리주'를 행하는 사람들이라 하고 존경을 한다. 이러한 것들이 바로 우리 인간에게 주어진 '그릇의 이치理致'라고 생각한다.

그릇의 이치가 이럼에도 불구하고 굳이 수단과 방법을 가리지 않고 그릇이 넘치게 담으려고 애쓰는 사람들이 많이 있다.

한때는 우리 사회가 먹고 살기 힘든 시절이 있었다. 그때는 먹고

이순耳順에 삶을 말하다

살기에 바빠 주위를 둘러볼 겨를도 없이 자기 그릇에 뭔가를 채우려는데 정신이 없었고, 그릇에 담은 것의 많고 적음이 사회적 지위와 행복의 기준이었던 시절이었다. 그릇의 이치가 뭔지 생각할 겨를이 없는 시절이기도 하였다. 그러다가 생활이 점차 나아지자 남의 그릇이 어느 정도인지 보려는 마음도 생겼고, 그들의 그릇에 무엇을 어떻게 담고 있는지에 관심을 갖는 여유도 생겼다.

다행이랄까! 이제야 우리는 '그릇의 이치'를 어렴풋하나마 알게된 것이다. 올바르지 않는 방법으로 그릇을 채운 사람들에게 때로는 법적인 단죄를 내리게 되었고, 사회적 기준으로 곱지 않은 시선을 보낼 수 있게 되었다. 이렇게 할 수 있도록 청문회, 김영란 법 등 제도적 틀도 만들어졌다.

제도적 틀이 생겼다는 것은 우리 모두가 어떤 사람이 올바르지 않은 방법으로 그들의 그릇을 채웠는지를 알 수 있게 되었다는 것이다. 아무리 사회적 지위가 높고 재산이 많더라도 그들을 존경하거나 부러워하지 않는 사회적 분위기가 형성된 것이다.

현대사회는 과거와 다르게 그릇에 담을 수 있는 것들이 너무나 많고 풍부하다. 노력 여하에 따라 담을 수 있는 기회도 너무 많다.

또 자기의 그릇은 타인의 그릇과 밀접하게 연관되어 있다. 이제는 과거의 한때처럼 먹고 살기 위해 자기의 그릇에 무엇이든 가리지 않고 담는 시대가 아니다. 담을 수 있는 것들이 많고 풍부한 만큼 그릇을 망가지게 하는 것들도 그중에 많이 있다.

자기의 그릇을 망가지게 하는 것들은 담지 말아야 한다. 올바르지 않은 방법으로 담는 것들은 자기의 그릇을 망가지게 할 뿐만 아니라 가족의 그릇, 사회의 그릇을 망가트리고 대한민국의 그릇을 망가트리게 한다. 이것이 나 혼자 살아갈 수 없고 더불어 살아가야만 되는 요즘 사회에서 자기의 그릇에 담을 것을 다시 한 번 살펴봐야 할 이유이다.

과거의 한때에 담았던 것들로 인해 지금에 와서 그의 그릇이 상하게 된 사람들을 많이 본다. 또 여전히 '그릇의 이치'를 깨닫지 못하고 살아가는 사람들도 다소 있는 것 같다. 이런 사람들에게 삶의 의미는 무엇일까? 있기는 한 걸까?

가을에 나무는 아낌없이 잎을 떨어트린다

어느 가을날, 살고 있는 아파트를 감싸고 있는 법화산 둘레길을 산책했다. 나서는 산행길에 아내가 굳이 따라 나서겠다고 한다. 나서자마자 아내의 걱정스런 한마디다.

"당신, 입술이 부르텄네. 힘든 일이 있어요? 어제 쉬었는데 왜 그래? 뭔 고민이 있어요? 회사일이 잘 안돼요?"

답을 할 틈도 주지 않고 연속적으로 질문을 해댄다. 답을 안 할 수도 없고, 마땅한 답도 떠오르지 않는다. "글쎄, 왜 입술이 부르텄을까" 하고 건성으로 받아넘겼다. 그리고 한동안 아내의 걱정스런 투정을 한쪽 귀로 듣고 한쪽 귀로 흘리면서 나 스스로도 의문이 생겼다. 정말 왜 입술이 터졌을까? 어제 저녁에 중고차를 살까 말까, 어느 가격대의 차를 살까, 그냥 신차를 살까, 가지고 있는 돈의 여유는 될까 등등, 이런저런 생각들은 있었지만, 그것으로 인해 입술이 부르텄나 싶다.

그런데 곰곰이 생각해 보니 단순히 어제의 걱정들로 인해 입술이 부르튼 것이 아니라 그동안 살아오면서 가진 많은 욕심들을 내려놓기는커녕 뭔가 계속 더 얻으려는 생각만 하니까 그만 힘에 겨워 입술이 터진 게 아닐까 하는 생각이 들었다. 큰일이 일어난 것도 아닌데 어쩌다가 입술이 터질 지경까지 내 자신을 내몰았나 하고 자책을 하면서 묵묵히 걷고 있는데 노랗게 물이 잘 든 낙엽이 발에 밟힌다.

나무들은 이렇게 예쁘게 물든 잎을 왜 미련 없이 떼어낼까? 예쁜 단풍을 만들기 위해 혹독한 겨울을 보내면서 새싹을 품었고, 바람과 비 등 온갖 자연의 횡포를 묵묵히 극복하면서 풍성하게 피워낸 잎들인데 어떻게 그렇게 쉬이 잎을 떨어뜨릴 수 있을까 싶다. 한낱 나무도 혹독한 자연 속에서 살아남기 위해 온 힘을 다해 피운 잎을 아낌없이 떨어트린다. 이 나무들이 1년 동안 자연으로부터 받는 고통을 모질게 참아내면서 피워낸 예쁜 잎은, 내가 그동안 힘들게 노력하여 나의 그릇에 담아놓은 것보다 훨씬 가치 있는 것일 텐데 어떻게 그렇게 쉽게 잎을 내려놓을 수 있는 건지, 참 부럽기도 하다.

떨어진 낙엽을 보면서 나무보다도 못한 나 자신을 둘레길을 걷는 내내 한없이 나무랐다. 미련 곰탱이라고.

저물어 가는 가을의 자락에서 나무로부터 삶의 철학을 배운다. 늦은 감은 있지만 이제 나도 지금까지 짊어지고 온 온갖 욕심의 잎들을 떨어뜨리고 싶다. 나의 그릇에 담아 놓은 것들을 이제 하나씩 내려놓고 싶다. "연잎은 물방울을 자신이 감당할 만한 무게만을 싣고 있다가 그 이상이 되면 비워버린다. 그렇지 않고 욕심대로 받아들이면 마침내 잎이 찢기거나 줄기가 꺾이고 말 것이다"라는 법정 스님의 법문이 나의 생각에 겹쳐 떠오른다.

자신의 그릇에 무엇을 채울까 조급해하거나 걱정할 필요가 없다. 한 가지 한 가지씩을 올바르게 채워 나가면 한세상 필요로 하는 부와 명예, 건강과 행복은 충분히 채울 수 있다. 급한 마음에 올바르지 않은 방법으로 얻은 것을 자신의 그릇에 채우려고 하면 안 된다. 그렇게 채운 것은 자신의 이름을 더럽히고 인생을 상하게 한다.

자신의 그릇이 크고, 작음을 탓하지 않고 올바르게 노력해서 얻은 것이라면 모두 담고도 남을 만큼 자신의 그릇은 결코 작지 않다. 이제는 자신의 그릇에 담아야 할 것과 담지 말아야 할 것을 가려낼 수 있는 지혜가 필요한 시대임을 늘 마음에 담아 두자.

12

잃는 것이 있으면
반드시 얻는 것이 있다

우리는 끝없이 얻고, 가지려는 욕망을 갖고 살아간다. 이렇게 살다 보면 잃는 것보다 얻는 것이 많은 사람, 얻는 것보다 잃는 것이 많은 사람이 있다.

그것이 물질적인 기준이든 가치적인 기준이든 상관없다. 마음을 비우면 가치적인 측면을 우선하는 마음이 생길 것이고 그렇지 않으면 물질적인 것이 우선 할 것이다.

인생에는 잃는 것이 있으면 반드시 얻는 것이 있다. 그것을 인지할 수 있는 사람과 없는 사람과의 결과는 차이가 크다.

인지하는 사람은 무언가를 잃을지라도 그에 상응하는 것을 얻게되고, 인지하지 못하는 사람은 잃은 사람으로 그냥 남게 된다.

－ 2008년 6월 일기에서

불교에서는 인간을 '오욕칠정五慾七情의 동물'이라고 한다. 오욕은 재물욕, 명예욕, 식욕, 수면욕, 색욕이다. 오욕 중 우리 인간이 가장 크게 탐하려고 하는 것이 재물욕일 것이다. 이처럼, 우리는 타고난 재물욕으로 인해 끊임없이 가지려고 하는 욕망으로 살아간다.

유아기 때는 부모로부터 사랑을 독차지하려는 욕심, 학생 시절에는 성적을 좀 더 잘 받거나 이성으로부터 관심을 더 받고자 하는 욕심, 사회생활 때는 사회적으로 존경을 받거나 훌륭한 직장에서 많은 연봉을 받으려고 하는 욕심 등 열거하기가 끝도 없다. 혹자는 욕심이 인간을 발전하게 하고 살아가는 힘의 원동력이라 한다. 그래서 욕심이 없는 사람은 발전성이 없다고도 한다.

맞는 말이다. 욕심은 우리들에게 반드시 필요한 생활의 에너지임에는 틀림이 없다. 욕심으로 인해 우리는 끊임없이 뭔가를 갈망하게 되고, 또 성취하기 위해 노력해 가는 과정 속에서 인간의 기본적인 만족감과 자존감을 느낄 수 있다. 반면에 욕심으로 인해 우리 자신을 회복하기 힘든 절망적인 상태로 만드는 상황도 있다.

욕심의 두 가지 종류

욕심에는 두 가지의 종류가 있다. 첫째는 지나친 욕심인 과욕過慾이다. 한자로 풀어보면 過慾은 삐뚤어진 사람의 입에서 말이 잘못 나온다는 데서의 '잘못'과 하고자 하는 '마음'을 의미하는 것으로 즉 잘못된 욕심이다. 우리에게 생활의 에너지가 되는 올바른 욕심이 아니라 우리 사회가 정의해 놓은 기준과 절차를 넘나드는 옳지 못한 욕심인 것이다.

둘째는 부족한 욕심인 과욕寡慾이다. 寡慾은 '집의 재물을 나누어 가졌다'의 '적음'과 하고자 하는 '마음'을 의미하는 것으로 많은 것을 탐하지 않는 욕심이다. 이것은 사회성이 없거나 발전성이 없게 하는 소심한 욕심이 아니라 자신이 노력한 대가만큼 얻으려고 하는 욕심이다. 자기 자신이라는 상품의 가치를 높이게 하는 반듯한 욕심인 것이다. 우리들에게 필요한 욕심은 바로 이것 '寡慾'이다.

'過慾'이 되었건 '寡慾'이 되었건 우리는 살아가면서 계속적으로 얻는 것만 있는 것이 아니라 때때로 잃는 것도 반드시 있다. 가족이나 친한 친구를 어쩔 수 없이 멀리 떠나보내게 되는 운명적인 잃음도 있고, 금전적 손해나 승진에서의 탈락 등 사회생활 속에서 수시로 일어나는 비운명적인 잃음도 있다. 지나온 삶의 궤적을 생각해 보면 우리는 크고 작은 것들을 수없이 잃어왔음을 금방 느낄수 있다. 이러한 것들은 어쩌면 우리 사회가 건강한 모습을 유지할수 있게 만드는 순환의 이치일 수 있다. 즉, 사람이 살아가는 사회에서 얻고 잃음의 이치가 생태계의 진화와 소멸의 이치와 똑같다는 것이다. 우리 인간이 얻으려고 아무리 몸부림쳐도 어쩔 수없이 잃게 되는 경우가 반드시 생긴다. 단지, 얻는 것이 많을 때는 잃는 것이 있어도 느끼지 못하고 얻는 것이 적을 때는 잃는 것에 마음이 아리다. 사소하거나 없어도 되는 것들, 살아가는 데 필요하지 않은 것들은 잃어도 느껴지지 않을 수 있으나 잃어서 마음의 한

구석에 아쉬움이 있는 것들은 느껴진다.

잃는 것도 過慾의 상태에서 잃는 것과 寡慾의 상태에서 잃는 것의 차이는 극과 극의 상황으로 나타난다. 전자의 욕심에서 잃게 되는 상황은 그동안 쌓아온 자신의 모든 것을 잃게 되고 아무리 노력해도 회복을 어렵게 만들 수도 있다. 크게는 자신뿐만 아니라 가족까지도 힘들게 하는 패가망신을 초래하고, 적게는 자신의 사회적 명예나 지위, 체면을 잃게 하여 사회의 구성원으로서 당당하게 살아가기 힘들게 만드는 경우도 있다.

군이 여기서 그 사례를 말하지 않더라도 우리는 매스컴과 주변에서 쉽게 보고 들을 수 있다. 반면에 후자의 욕심에서는 잃는 것이 있으면 반드시 얻는 것도 있다. 그것은 물질적인 얻음일 수도 있고 정신적인 얻음일 수도 있다. 그렇다고 무조건 얻는 것이 있다는 의미는 아니다.

과욕寡慾에서 얻는다는 것의 의미

寡慾에서 얻는다는 것에는 세 가지의 전제가 따른다.

첫 번째는 잃은 것에 대해 상실감이나 원망스런 마음을 오래 갖고 있으면 안 된다. 사람이라면 누구나 갖고 있는 것을 잃어버리면 상실감과 원망스러운 마음을 갖기 쉽다.

나는 앞서 사람의 그릇에 대해 얘기했다. 자신의 그릇 속에 잃은 것에 대한 상실감과 원망 같은 것을 가득 채워 놓게 되면 새롭게 얻는 것이 들어갈 자리가 없다. 들어가다가도 상실감과 원망에 밀려 그릇 밖으로 넘쳐 흐른다. 자신의 그릇은 상실감, 원망과 함께 새로운 것을 같이 담아두지 않으려고 한다. 뿐만 아니라 상실감과 원망을 그릇에 오래 담아 두면 그릇 안에서 굳어버리게 되고 자신의 그릇임에도 불구하고 스스로 담거나 들어내기를 통제할 수 없게 된다. 이런 상태가 되면 자신이 무기력해지고, 삶에 대한 의욕이 없어지고, 세상살이에 대한 불만만 생기게 된다. 그래서 이들을 가능한 한 빨리 자신의 그릇에서 비워내야 한다.

두 번째는 잃은 것만큼 뭔가를 되찾겠다고 너무 집착하면 안 된다. 집착은 이기심이 포함되어 있는 감정을 드러내기 쉽고, 자신을 현재의 일에 집중하지 못하게 한다. 이러한 현상은 직장 생활에서 자신을 심각한 상황으로 빠뜨릴 수 있다. 자신이 뭔가에 집착하는 모습을 직장 상사나 동료, 부하들이 보면 소통이 잘 안 되고 얼빠져 있는 사람으로 비치기 쉽다. 집중을 하지 못하면 직장에서 가장 중요한 역할을 맡고 있는 팀 단위의 일원으로서 역할을 제대로 해내기도 힘들다. 직장의 팀은 팀원 개개인에게 현재의 당면한 업무 처리와 미래의 수익 창출을 위해 해야 할 중요한 임무를 부여하고 있고, 특히 오늘날처럼 고객의 니즈와 상품의 동향이 빠르게 변하고 있는 시대에서 개개인의 역할은 매우 중요하다. 그런데 자신의 마음이 과거적 집착의 상태에 빠져 있으면 팀원들과 보조를 맞추기 힘들게 되고 좋은 팀원으로 평가받기 힘들어지게 된다. 집착이 심하면 過慾의 상태에 빠지기 쉽고, 이렇게 되면 잃은 것 때문에 또 더 잃게 되는 어리석은 결과를 초래하게 된다.

세 번째는 사람을 잃지 않으려는 노력을 해야 한다. 세상은 사람들이 만들었고 또 만들어 가고 있다. 본래의 '나'는 부모가 만들었지만, 지금의 '나'는 이 사회, 또 나와 연관되어 있는 주위의 많은 사람들이 만들었다. 그래서 '나'는 사회를 떠나서 생각할 수 없고, 내가 가야 하는 인생의 길 또한 사회 속에 있는 것이다. 사회 속에 있는 나의 인생의 길을 걸어갈 때, 이미 잃어버린 것들은 다시 나타나지 않고 사람들이 나타나게 된다. 과거의 사람, 현재의 사람, 미래의 사람들을 만나게 된다. 사람을 만나는 길을 가야 한다. 잃어버린 것을 찾으러 가는 길을 가면 안 된다.

'잃는 것이 있으면 반드시 얻는 것이 있다'는 말은 어느 책에서 따온 말도 아니고 철학자들이 한 이야기도 아니다. 이순耳順 넘게 살면서 직접 겪은 바이고, 가까운 지인들이 살아가는 모습들에서 직접 본 삶의 경험이다. 잃은 것만큼 다시 찾겠다는 집착으로 인해 더 중요한 것을 잃는 우愚를 범하지 말고, 삶의 과정에서 잃고 있는 것이 있을 때는 반드시 얻음이 있다는 삶의 지혜를 가져보기를 권하고 싶다.

이순耳順에 삶을 말하다

13

공公과 사私의 구별을
자신에게 말하라

공과 사를 지키고 살아가는 것이 그렇게 어렵고 힘든 것인가?
공무를 위해 최선을 다했을 뿐인데 주위 사람들은 왜 그것을 모
를까?
공과 사를 구별 못 하는 사람들의 기준으로 보았을 때 그렇게
보이는 것일까?
평범한 사람의 기준으로 보면 지극히 당연한 것인데 정말 이런
초보적인 것도 가늠 못하는 것이 조직이고 국가일까?

- 2008년 6월 일기에서

지나온 우리 사회의 모습은 하루가 멀다 하고 뇌물수수, 부정청
탁, 갑질 등의 소식으로 도배를 하고 있다. 더욱이 정부가 바뀔 때
마다 이런저런 게이트와 비리 사건, 국무위원 후보자들의 낙마는

반복적으로 발생하는 단골 모습이다. 특히, 최근의 국정농단 사태는 이러한 사고들의 백미다.

  그런데 이런 우리 사회의 좋지 못한 모습이 왜 반복적으로 일어나는 것일까?

  이 의문에 대해 10여 년 전에 나 자신에게 던져본 물음을 대입해 보면 답을 찾을 수 있을 것 같다. 우선, 결론부터 얘기한다면 여러 가지 요인들이 있겠지만 가장 큰 요인은 '공과 사를 구별 못 한 사람들'이 있기 때문이라고 말하고 싶다. 아마도 우리 사회 내부에는 위에서 언급한 사건들 말고도 여러 조직에서 공과 사를 구별하지 못해 발생된 크고 작은 사건들이 부지기수일 것이다.

  그런데 문제는 공과 사를 분별하지 못하는 사람들로 인해 발생되는 상황이 그들 개인에게만 국한되는 것이 아니라 타인이나 또는 자신이 몸담고 있는 조직, 더 크게는 국가까지 우리 사회 전반에 영향을 미칠 수 있다는 것이다.

  공과 사를 분별하지 못하는 사람이 공공의 업무를 맡고 있는 공직자일수록, 고위직일수록 이러한 영향은 훨씬 더 심각해질 수 있다. 대표적인 사례로 국정농단 사태는 세대 간 갈등, 보수와 진보 간의 갈등을 만들었고 급기야는 대통령을 탄핵하는 초유의 상황을 만들었다. 이것뿐만 아니라 이러한 상황으로 인해 국민들이 가진 상실감, 허탈감은 그 무엇으로도 치유할 수 없는 마음의 상처가 되었다.

이순耳順에 삶을 말하다

이처럼 공과 사의 문제는 우리 사회에 직·간접적으로 적지 않은 영향을 미치고 있고, 그로 인해 발생한 갈등과 상처를 치유하기 위해 소요되는 비용은 엄청난 액수일 것이라 미루어 짐작할 수 있다. 그것뿐만 아니라 추락하는 국민 개개인의 자존감과 국가 대외 신뢰도 등을 고려하면 우리 사회가 잃은 것은 천문학적인 숫자가 될 수 있을 것이다.

우리 국민들 개개인이 갖고 있는 역량과 국가가 보유하고 있는 경제규모에도 불구하고 일 인당 국민소득 30,000\$ 시대에 올라가지 못하고 10여 년 넘게 20,000\$ 수준에서 정체되어 있는 현 상황도, 그 원인 중 하나는 단순히 세계경제 여건이 좋지 않거나 국내 부존자원이 부족해서가 아니라 우리 사회에 만연해 있는 공과 사에 대한 무감각한 의식 때문이 아닌가 한다. 더욱이 미래 우리 후손들의 삶의 터전인 이곳이 어떤 모습으로 발전해 갈 것인지, 혹 오늘날 필리핀의 경제 수준으로 되지는 않을지 심히 염려되는 것은 부질없는 걱정일까?

사람들이 살아가면서 일을 하는 모든 곳에는 공과 사의 영역이 존재한다. 몸담고 있는 조직이 크든 작든 또는 공직이든 사직이든 하물며 가정에도 공과 사의 영역은 있다. 그 속에 몸담고 살아가고 있는 우리들의 일상은 공적인 일과 사적인 일로 점철되어 있다. 이 것은 비단 대한민국에 사는 우리만의 이야기가 아니다. 이 지구상의 모든 나라와 사람들도 비슷한 상황이다.

그런데 유독 우리가 살고 있는 사회, 대한민국에서 공과 사로 인해 발생되는 사건 사고들이 왜 많을까? 왜 우리들은 공과 사를 분별하지 못하고 공의 분야에서 얻은 이익을 아무 거리낌 없이 사유私有화하거나 사의 이익을 채우는 데 공의 힘을 빌려서 하는 것일까? 공과 사의 의미를 모르는 것인가 아니면 알고도 나만 손해 보지 않으려고 공과 사의 구별을 애써 외면하는 것일까?

국정농단과 그로 인한 대통령 탄핵, 국무위원 후보자들의 반복적인 낙마 사태를 보면서 우리 모두는 그들을 비판하거나, 나라의 미래를 걱정하거나, 자존감 상실에 빠져 있지 말고 그것의 주요 원인인 공과 사에 대한 것을 정말 심각하게 고심해 봐야 할 시점이라 생각한다. 왜냐하면, 공과 사로 인해 문제를 야기 시킬 수 있는 인자를 우리 모두는 갖고 있고, 앞으로도 계속 반복적으로 이러한 문제가 일어날 수 있기 때문이다.

공사公私 구별이 그렇게도 어려운가?

우선 公과 私의 사전적 의미를 한번 살펴보자. 공公은 나눔을 뜻하는 八과 사사를 뜻하는 厶를 합한 글자로 '나누어 공평히 함'을 의미하고, 사私는 벼 禾에 사사 厶를 합한 글자로 '볏단을 보여 자기 소유임'을 의미하는 것이다. 즉 공의 부분은 자신이 타인들과 공동의 이익을 추구해야 한다는 것이며, 반면에 사의 부분은 개인의 이익을 추구하는 것이고 타인과 공동 소유의 관계는 없다는 것이다. 공과 사는 이렇게 명확하게 구분이 가능하고, 똑똑한 초등생이면 충분히 이해하고 실행할 수 있는 수준이다.

다음은 우리의 내면에 잠재되어 있는 공과 사에 대한 인식은 어떤 수준일까? 우리의 역사에서 존경하는 인물이 누구냐고 물으면 우리 국민 대다수가 '세종대왕과 이순신 제독'을 꼽을 것이다. 이유는 그분들의 업적, 애민정신, 살신성인 등 여러 가지가 있겠지만 가장 중요한 부분은 그분들이 철저하게 공과 사를 구분하여 산 모습에서일 것이다.

우리가 그런 모습의 사람들을 존경하고 있다는 것은 역설적으로 우리들의 DNA 속에는 분명 공과 사를 분별하는 인자를 갖고 있다는 것이다. 그럼에도 불구하고 지키지 못하는 것은 지난至難한 우리의 아픈 역사를 겪어 오면서 가난의 현실 속에 공과 사 분별의 DNA가 많이 약해져 버린 것이라 생각된다. 그래서 남들보다 잘살아야겠다는 집념이, 자식들에게 가난의 대물림을 하지 않겠다는 한恨이 우리들로 하여금 공적인 일과 사적인 일이 있다는 것에 크게 관심을 갖지 않게 했고, 공적인 일과 사적인 일을 모두 나의 일로만 생각하게 만든 것이다.

1970년 우리의 일 인당 국민소득은 286$ 세계 100위 수준이었다. 당시는 미래의 화려한 희망보다는 우선 하루하루 먹고살기가 팍팍한 시절이었고, 잘살아보기 위해 '새마을 운동'을 범국민적으로 전개한 시절이었다. 그때 '잘살아보세'라는 구호 아래 온 국민의 마음이 일체가 되어 열심히 일한 덕분에 현재는 우리의 경제력이 세계 10위권까지 올라와 있다. 그렇지만 선진국의 문턱이라 할 수 있는 일 인당 국민소득 30,000$은 아직도 넘지 못하고 있는 실정이다. 이를 극복하기 위해서는 '잘살아보세'의 마음만으로는 안된다. 그렇게 할 수 있는 시기는 이미 지나갔다.

우리가 가지고 있는 물질적인 재원으로는 아무리 노력해도 선진국 반열에 진입하기 어렵다. 후진국의 상태를 벗어나기 위해서는 공과 사를 구별하지 못한 사람들로 인해 발생하는 국가적, 사회적 사태들이 더 이상 일어나지 않아야 하고, 그러기 위해서는 공과 사를 분별하고자 하는 정신운동이 필요한 시점이라고 생각한다. '새마을 운동'은 잘살아보기 위한 물질적 범국민 운동이라고 한다면 '공과 사 분별 운동'은 정신적 범국민 운동이다.

현재 우리들의 모습은 빈곤의 망령, 보수와 진보의 망령이 우리의 정신을 점령하고 있다. 그래서 지금 우리 민족의 정신은 혼탁한 상태이고 이러한 상태는 당분간 지속되리라 본다. 그렇다 하더라도 공과 사를 분별하지 못하는 상태에 계속 젖어 있지 않았으면 한다.

더불어 잘 살기 위한 필수조건

우리 민족이여, 우리 국민이여, 우리는 공과 사를 구별할 수 있는 도량度量을 키우자. 그래야 미래의 국가, 조직을 만들 수 있는 힘이 생긴다.

그렇지 않으면 우리의 미래는 없다.

- 2008년 6월 일기에서

지금 자신의 사회적 지위가 조금 낮아 공사의 분별이 자신과 무관하다고 생각하면 안 된다. 아주 적은 것이라도 지금 그러한 정신을 갖지 않는다면 후에 어느 위치에서도 공과 사를 구분해서 행동할 수 없다. "세 살 적 버릇이 여든까지 간다"는 옛말이 결코 틀린 말이 아니다.

또한, 공과 사를 구별하지 않고 재물을 끌어모은 사람들을 부러워하지 말고, 공사를 구별하고 정신적 가치를 더 중히 여기는 사람들을 바라보자. 지금은 많이 가진 사람이 사회적 존경의 대상이기도 하지만 앞으로 국민 일 인당 국민소득이 30,000$ 이상 되고, 선진국 반열에 올라서면 개인의 정신적 가치관을 더 높게 평가해 주는 사회가 분명 올 것이다.

공사 구별이 뭐 그렇게 중요한 것이냐, '나 혼자만 잘살면 그만이지'라는 생각을 버리고 더불어 잘 살아가자는 생각을 하자. 더불어 잘 살아갈 수 있는 것은 공과 사를 분별할 때 가능한 것이다. 그것이 이 사회 속에서, 이 조직 속에서 우리 스스로가 해야 할 최소한의 의무임을 잊지 말자.

14

경쟁에서
가져야 할 마음

승진이 내 인생에 뭐 그렇게 중요하냐? 나의 가치관으로 열심히 살아가고, 조직에 기여하고, 주어진 임무를 완수한다면 그것으로 족하지 않느냐!

최선을 다하고도 실패하면 그 자체로서 삶의 가치가 있는 것이 아니겠는가!

이런 결과로 인해 지금까지 유지해온 나의 모습에서 나 자신이 크게 이탈되지 않도록 하자.

한 번의 승진을 위해, 욕망을 위해 나의 가치관을 바꿀 수는 없다.

나는 공직에 있는 한 나의 가치관을 지키고 싶다.

– 2008년 4월 일기에서

우리의 사회는 경쟁사회이다. 학교에서는 보다 좋은 성적을 얻기 위한 경쟁, 좋은 대학에 들어가기 위한 경쟁, 좋은 직장에 들어가기 위한 경쟁, 직장에서는 선후배와 자리를 빼앗거나 뺏기지 않으려는 경쟁, 동료와는 먼저 승진하기 위한 경쟁 등 우리의 삶 자체는 경쟁으로 점철되어 있고 경쟁을 통해 다듬어져 간다. 우리는 이러한 수많은 경쟁 속에서 승자가 되기도 하고 패자가 되기도 한다.

역사는 우리에게 '영원한 승자도 없고 영원한 패자도 없다'고 말하지만, 우리 사회는 이기고 지는 것이 너무 극명해서 민감하다.

왜 우리 사회는 이기고 지는데 이토록 민감할까?

왜 승자는 그토록 기고만장하고 패자는 마음에 깊은 상처를 받을까?

경쟁을 하면서 자신이 성숙해지기는커녕 좌절하면서, 이 사회를 떠나고 싶다는 젊은이들이 왜 생기는 걸까?

외국 어느 신문의 기사처럼 패자는 승자에게 축하와 박수를 보내고 승자는 패자에게 진심과 배려가 담긴 마음을 보여주는 모습이 왜 우리 사회에는 보이지 않는 걸까? 그것은 두 가지의 이유에서일 것이다.

첫째는 경쟁에서 개개인이 가지는 불온전한 마음의 상태이고, 두 번째는 평평하지 않고 울퉁불퉁한 경쟁의 장 때문일 것이다. 경쟁에서 가지는 우리 마음의 대부분은 이기는 것만이 최선이고 이기면 모든 것이 끝난다고 생각한다. 경쟁자는 무조건 눌러야 하는 대상이라고 생각할 뿐 경쟁 후 이 사회를, 이 조직을 함께 만들어 가야 하는 대상으로 생각하지 않는다. 그래서 이기기 위해 모든 수단과 방법을 동원한다. 하물며 상대방에 대한 비방과 모함도 서슴지 않는다. 이렇다 보니 경쟁 후 남는 건 치유 되지 않는 마음의 상처와 갈등뿐이다.

이런 마음을 가진 사람들 간의 경쟁의 장 또한 반듯할 수가 없다. 우리 사회에 이미 깊숙이 파고든 금수저, 흙수저, 인맥, 뇌물수수 등의 논란은 우리 사회의 경쟁의 장이 얼마나 울퉁불퉁한지를 잘 반증해 주고 있다. 이런 상태의 경쟁 속에서 한 개인이 성숙해 가고 더불어 사회가 발전해 갈 수 있겠는가 하는 의문이 든다.

진정한 승자란?

역사가 말하는 "영원한 승자도 패자도 없다"는 진정한 의미는 무엇일까? 승자도 패자도 마음의 상처를 받지 않고 함께 이 사회를 잘 만들어 가야 한다는 의미일까? 아니면 승자도 결국은 패자가 될 수 있고 패자도 언젠가는 승자가 될 수 있다는 의미일까?

답은 사람마다 다르겠지만 중요한 것은 우리가 몸담고 있는 이 사회는 승자들만이 영원히 독식하는 사회가 아니라 승자와 패자 모두가 그 속에서 부대끼며 삶의 행복을 찾을 수 있는 사회가 되어

이순耳順에 삶을 말하다

야 한다는 것이다. 또 후세들에게 떳떳하게 물려줄 수 있는 품격이 있는 사회가 되어야 한다는 것이다.

그러기 위해서는 우리 자신이 먼저 경쟁에서 정제된 마음을 갖는 것이고, 평평한 경쟁의 장을 만들려는 마음을 갖는 것이다. 그래서 불온전한 마음으로 경쟁하려는 사람, 울퉁불퉁한 경쟁의 장을 만들려고 하는 사람들이 우리 주변에서 발붙일 곳이 없는 사회를 만들어야 한다. 이것은 오늘날 이 사회에 사는 우리가 내고 있는 물질적 주민세稅에 추가하여 부담해야 할 정신적 사회세稅이기도 하다.

'뚜르 드 프랑스'라는 세계 최고 권위의 사이클 대회가 있다. 이 대회가 세계 최고의 권위를 가진 이유는 난이도가 높은 산악 코스를 포함하는 약 3,500km의 험난한 도로를 3주간이나 달리는 지옥의 레이스이고 그 속에서 선수 개개인이 보여주는 열정과 공정한 경쟁, 극한의 경쟁상황에서 선수들이 보여주는 동료애 때문일 것이다. 그 권위만큼 우승자에게는 부와 명예가 따른다. 그런데 '뚜르 드 프랑스' 대회를 더욱 유명하게 한 두 선수가 있었다. 바로 미국의 랜스 암스트롱과 독일의 얀 울리히이다. 당시 랜스 암스트롱은 1996년 고환암을 진단받고 세 차례의 대수술 끝에 암을 이겨내고, 1999년부터 2005년까지 7년 연속으로 우승을 이룬 선수였고, 얀 울리히는 1997년 우승 이후 1999년부터 랜스 암스트롱에게 우승을 줄곧 내어주고 준우승만 3회를 한 선수였다.

이들이 출전한 2003년 동 대회의 한 상황을 소개한다.

결승점을 9km 여를 남겨둔 지점에서 선두는 암스트롱 선수, 바로 그 뒤를 울리히 선수가 달리고 있었다. 그 순간 구경꾼의 가방에 걸려 암스트롱 선수가 넘어지는 사고가 발생한다. 울리히 선수에게는 우승할 수 있는 절호의 기회였으나 그는 계속 달리지 않고 넘어진 암스트롱 선수 옆에 멈춰 섰고 암스트롱 선수가 일어날 때까지 기다렸다. 잠시 후 암스트롱 선수는 자전거를 일으켜 세워 다시 페달을 밟기 시작했고 레이스는 계속되었다. 결과는 암스트롱 선수의 승리로 끝났다. 경기에서 보여준 얀 울리히 선수의 모습을 당시의 언론들은 '위대한 멈춤', '신성한 양보' 등의 수식어로 아낌없는 찬사를 보냈다.

얀 울리히 선수가 2003년 경기에서 보여준 모습이 요즘 우리 사회를 보면서 진한 여운을 남기는 이유는 뭘까? 이런 선수들이 많이 참가하는 한 '뚜르 드 프랑스' 대회는 계속 유명해 질 것은 틀림이 없을 것이다. 그럼 이런 사람들이 많이 있는 우리의 사회는 어떻게 될까? 이런 사람들이 바보가 되는 사회가 될까?

우리는 경쟁을 피해서 삶의 진정한 의미를 찾을 수 없다. 경쟁은 자신을 숙성시키고 자신의 모습을 만들어 가는 삶의 한 과정이다. 경쟁에서 이긴다는 것은 중요한 가치와 책임을 갖는 것이다. 자신의 삶을 한 단계 높이는 가치를 얻기도 하지만 조직과 사회를 발

이순표順에 삶을 말하다

전시켜야 하는 사명을 부여받는 것이다. 혼자만의 능력으로 승자가 된 것이 아니라 주위의 모든 사람들이 보다 더 나은 조직과 사회를 만들어 줄 것을 기대하면서 승자로 만들어 준 것이다. 따라서 승자 자신도 모두가 축복해 주고 반기는 승리가 되도록 노력해야 한다. 혼자만의 승리가 되어서는 곤란하다. 혼자만이 기고만장하고 만족하는 승리가 아니라 사회와 조직이 모두 만족하는 승자가 되어야 한다.

경쟁에서 이기려고 하는 마음은 중요하고 꼭 가져야 한다. 그러나 수단과 방법을 가리지 않고 이기겠다는 마음보다 최선을 다해 이기겠다는 마음이 앞서야 한다. 수단과 방법을 가리지 않고 이기는 것은 이겨도 이긴 상태가 오래가지 못하고 결국은 자신과 주위를 부패하게 만든다. 온갖 방법을 동원하여 한 번의 경쟁에서는 이길 수 있지만 수많은 삶의 경쟁에서 계속적으로 이길 수는 없다. 자신과 조직의 발전을 위해서라도 정당한 방법과 최선을 다한 이 김이 되어야 한다. 패자 역시 한 번의 경쟁에서 지더라도 최선을 다했다면 다음의 경쟁에서 이길 수 있는 자신의 든든한 재산을 얻게 된다.

자기 자신과 경쟁하여야 한다

오지 탐험가 한비야는 "오늘의 나와 내일의 나만을 비교하자. 나아감이란 내가 남보다 앞서 나가는 것이 아니고 현재의 내가 과거

의 나보다 앞서 나가는 데 있는 거니까"라고 했다.[5]

남들과 경쟁하면 자신의 진정한 모습을 잃게 되고 타인에게 나 자신이 아닌 다른 모습의 나로 보일 수 있다. 경쟁자와의 경쟁은 이긴다 하더라도 자신이 원하는 인생의 목표는 결코 얻어지지 않을 것이다. 경쟁에서 이기고 지는 것이 우리의 인생 속에 연속적인 과정이라고 보면 자신과의 경쟁에서 얻는 것이 보다 더 유익한 결과를 가져올 것이다.

---

5) 한비야 『지도 밖으로 행군하라』 내용 중

이순耳順에 삶을 말하다

15

멋진 승자勝者,
의연한 패자敗者가 되라

우리의 조직 생활은 유한有限하지만 우리가 좋아서 뜻을 품고 몸담은 이 조직은 우리의 후세들이 이 조직에 들어와 그들의 소중한 꿈을 펼칠 무대이다.

후세들이 일할 조직의 미래는 오늘 우리가 어떤 마음으로 조직 생활을 하느냐에 달렸다.

승자들은 진정한 승자로, 패자들은 의연한 패자가 되는 분위기가 형성될 때 조직의 경쟁력은 극대화되고 활력이 넘치는 조직이 될 것이다.

- 2008년 7월 일기에서

지구상에서 살아있는 모든 생물은 동종同種 간이나 이종異種 간 끊임없이 생존을 위한 경쟁을 한다.

우리 인간도 예외일 수는 없다. 학생들의 입시경쟁, 직장인들의 승진경쟁, 하물며 로또 당첨 경쟁 등 그야말로 경쟁은 우리 삶의 본질이다. 우리는 그런 경쟁을 통해서 우리 자신을 끊임없이 담금 질하면서 발전시키고, 성숙시키고, 완성시켜 가는 것이 아니겠는 가!

그러나 아쉽게도 우리는 경쟁 속에서 항상 이길 수는 없다. 삶의 긴 여정을 보면 이길 때도 있고 질 때도 있다. 살아가면서 한 번 쯤은 지는 경험을 가질 수밖에 없고 그래서 이기면 이기는 대로 또 지면 지는 대로 그 속에서 인생의 성숙함을 얻어가는 자세를 가질 필요가 있다.

경쟁에서 승자가 된다는 것은 자신의 삶에 의미 있는 가치를 얻을 수 있는 좋은 기회가 자연스럽게 부여되고 조직에서 보다 높은 역할과 지위를 만들어 주는 것이기 때문에 승자로서의 성숙된 모습을 보이기는 어려운 일이 아닐 것이다. 그러나 모두가 인정해 주고 조직이 필요로 하는 진정한 승자가 되기 위해서는 보다 높은 지위와 역할이 있다는 그 자체만이 필요충분조건은 아닐 것이다.

승자는 얻은 것만큼 조직을 위해 해야 할 책임을 더 가진 것이고 그 책임만큼 조직의 발전을 위해 최선을 다해야 하는 것이다. 승자는 개인의 이김으로 만족하지 말고 조직의 승리로 승화시키는 노력을 해야 한다.

지위를 이용해 조직 속에서 거드름을 피우고 군림하려 하거나

이순耳順에 삶을 말하다

우월감에 빠져 처신한다면 결코 진정한 승자, 존경받는 승자가 될 수 없고 그저 운運이 좋아서, 아첨을 잘해서, 부적절한 방법으로 된 승자로 치부될 것이다. 그런 승자는 조직의 발전을 퇴보시키고 단결을 저해시키는 역할만 하게 될 것이고 조직을 위해서나 개인을 위해서나 불행한 일이 될 것이다.

승자의 역할은 매우 중요하다

생존경쟁이 치열한 현대사회에서는 조직 내에서 승자의 역할은 매우 중요하다. 승자는 승자가 되기까지의 모습과 승자가 된 후 행동하는 모습에 따라 조직을 뭉치게 하고 발전시키는 동력이 되기도 하지만 조직을 갈등하게 하고 조직의 힘과 경쟁력을 떨어뜨리는 상황을 만들기도 한다.

정상적인 사람이라면 경쟁에서 진 패자는 승자에 대해 복잡 미묘한 감정을 갖게 된다. 서로가 최선을 다한 경쟁이었다면 패자는 자신의 부족함을 인정하고 승자에게 축하와 존경의 마음을 갖는다. 조직을 위해서 더 큰 일을 해 주기를 바라고 그와 같이 계속적으로 일하기를 희망하는 마음을 갖기도 한다. 또 사람이라면 누구나 잘 나가는 그의 도움을 조금이라도 받았으면 하는 바람도 마음 한구석에 있게 된다.

반면에 공정하지 못한 방법으로 경쟁에서 이겼고 승자가 된 후에도 오만으로 가득 찬 모습을 보인다면 패자는 마음의 상처를 받을 것이고 패배를 인정하기는 쉽지 않을 것이다. 이는 조직 내 갈등을 유발시키는 요인이 된다. 결국은 조직을 결집시키는 것도 갈등을 유발시키는 것도 승자의 몫이다. 그래서 승자의 모습이 중요하다는 것이다.

승자의 모습이 중요한 사례는 우리 주변에서 쉽게 찾아볼 수 있다. 한 국가의 대통령으로서 150여 년이 지난 오늘날에도 전 세계인의 존경을 받고 있는 미국의 링컨 대통령은 남북전쟁(1861.4~1865.4) 시 남부군의 총사령관 리 장군(General Robert E. Lee)을 패장으로 취급하지 않고 통일된 미군의 총사령관을 제의함으로써 그의 명예심과 자존심을 지켜 주었고, 리 장군 역시 링컨 대통령의 의도에 따라 전쟁을 최대한 조기에 종식시키고 남북 간의 갈등이 오래가지 않도록 노력함으로써 오늘의 미국을 만든 영웅으로 존경받고 있다.

오늘의 미국은 풍부한 자원만으로 만들어진 것이 아니라 승자들의 태도에서 만들어진 것임을 부인할 수 없다. 이러한 모습은 비단 국가 차원에서만 일어날 수 있는 일이 아니라 정부조직, 공기업 및 사기업 등 크고 작은 모든 조직에서 똑같이 작용한다.

세계 경제포럼(WEF)이 매년 발표하는 국가 경쟁력 평가 결과(2017년) 한국은 137개국 중 26위이다. 국가 경쟁력은 "주어진 국제 경제 환경 속에서 그 나라의 경제 주체인 정부, 기업, 개인이 다른 나라의 경제 주체와 경쟁하여 이길 수 있는 총체적인 능력(KDI 경

제정보 센터)"이라고 한다.[6]

그런데 이상한 것은 한국인의 지능지수(IQ)는 세계 2위 수준이고 경제력만 본다면 GDP 순위가 세계 11위(2016년)라고 한다. 그렇다면 우리나라의 국가 경쟁력은 적어도 10위 이내에 있어야 정상인 것 같은데 20위권 밖으로 밀려나 있는 상태는 무엇을 의미하는 것일까? 혹시 우리나라 각 조직 속에서 존재하고 있는 승자들의 모습 때문은 아닐까?

조직에서 필요로 하는 승자가 되어야 한다

조직에서 필요로 하는 승자는 어떤 사람일까? 아마 대부분 사람들의 생각은 '조직의 경쟁력과 발전을 위해 많은 역할을 할 수 있고, 구성원들이 자존감을 갖고 일할 수 있는 조직의 문화를 만들어 줄 수 있는 사람'이라고 생각할 것이다. 조직이 발전하려면 동종의 조직과의 경쟁에서 이겨야 하고, 이기기 위해서는 무엇보다도 경쟁력이 우수해야 한다. 조직에서 리더와 조직 속에서 탄생되는 승자들의 모습은 조직의 발전과 경쟁력에 많은 영향을 미친다. 그래서 조직 내에서 승자들의 역할은 매우 중요한 것이다.

---

6) 기획재정부 보도자료, 2017.9

승자는 동료들과 치열한 경쟁을 통해 탄생한다. 그런데 탄생하는 승자의 모습에는 두 가지가 있다.

첫 번째는 조직의 모든 구성원이 그의 능력과 품성은 물론 조직을 위해 필요한 사람으로 인정하는 승자다. 이런 승자에 대해서는 조직 내에서도 불만이 없고 승자에 대해 진심으로 축하의 마음을 가진다. 승자 역시 조직과 구성원에 대해 감사의 마음과 최선을 다해 조직에 봉사하려는 마음을 갖게 되고, 승자와 패자 모두 마음의 갈등이 없이 조직의 발전과 미래를 위해 쉽게 한마음이 된다.

두 번째는 구성원들이 "뭐, 그런 정도인데…"라고 생각하는 승자다. 이런 승자의 경우는 통상 외부의 힘을 동원하거나 아부형의 사람이고, 승자가 되더라도 조직의 발전에 기여가 안 되는 경우가 많다. 개인의 의식 수준도 조직 발전에 대한 애착보다는 개인의 인간관계를 어떻게 하면 잘 맺어나갈까에 더 많은 관심을 갖고 있는 사람이다. 물론 좋은 인간관계를 유지하는 것도 조직의 발전에 도움이 될 수 있다. 그런데 이런 승자가 인간관계를 유지하고자 하는 대상은 조직이 필요로 하는 사람과의 관계가 아니라 자신의 욕망에 도움이 될 수 있는 사람들과의 관계일 수가 있고, 이것은 오히려 조직의 발전에 해害를 끼치는 상황을 유발시킬 수도 있다. 왜냐하면, 이런 유형의 인간관계는 그에 따른 이해관계가 어떤 형태든 내면에 형성되어 있어서 조직이 필요로 하지 않는 유형의 승자를 또 탄생시키거나 뭔가 다른 부분에 희생이 따르는 결과를 만들어

이순耳順에 삶을 말하다

낼 수 있기 때문이다.

조직에서 필요로 하는 승자가 되느냐, 필요치 않은 승자가 되느냐는 전적으로 개인의 가치관에 달려있다. 승자들은 자기 자신이 어떤 유형의 승자가 될 것인가 한 번쯤 고민이 필요하지 않을까 싶다.

의연한 패자란?

우리 사회의 분위기는 경쟁에서 지면 의연한 패자의 모습을 유지하기가 쉽지 않다. 특히 승자 독식의 분위기가 강해서 패자가 되는 순간 조직과 주위의 시선이 패자를 멀리하는 경우가 많다. 경쟁사회이고 피라미드식 조직 구조이기 때문에 어쩌면 당연한 것인지도 모른다. 그러나 패자의 마음은 그렇지 않다. 무엇보다 모두 고만고만한 능력과 실력들인데 패자 자신이 승자보다 뭐가 부족해서 경쟁에서 졌는지 쉽게 인정하기가 어려워 자기 자신을 주체할 수 없는 상태로 만드는 경우가 많다. 더욱이 승자가 조금이라도 능력 이외의 요인으로 되었다면 패자의 마음은 곧 조직에 대한 원망과 불신으로 채워진다.

승자가 진정한 승자로 거듭 태어나기 위해서는 전적으로 본인에게 달렸지만, 패자를 의연한 패자로 만들기 위해서는 조직과 주위의 선후배 및 동료들이 같이 노력해 주어야 한다. 조직은 패자들이 몇십 년 동안 헌신해온 노력에 보람을 얻을 수 있도록 배려해 주어야 한다. '찬밥 신세'라는 감정이 들지 않도록 해 주어야 하고, 아웃사이더라는 소외감을 갖지 않도록 배려해야 한다. 패자들에게 '인간 됨됨이가 나빠서, 누구 쪽에 붙어 있어서' 등으로 인격을 매도하는 문화를 만들면 안 된다.

한번 생각해보라! 패자들은 자신의 더 나은 삶과 몸담고 있는 조직의 발전을 위해 최선을 다해 일해 왔을 것이다. 자신과 가족의 삶을 위한 상황이라 한 때라도 불성실한 마음으로 일한 적이 없을 것이다. 거기에 무슨 조직에 해를 끼치는 마음이나 나쁜 인간성, 편 가르기가 있겠는가? 어쩌면 그런 것들은 조직의 장이 자격 없는 사람을 승자로 만들어 놓고 승자의 당위성을 억지로 만들어 주기 위한 논리일 가능성이 훨씬 더 많다. 이런 문화를 가진 조직 속에서 성인군자가 아닌 한 어떻게 의연한 패자가 될 수 있겠는가?

조직은 조직대로 구성원은 구성원대로 의연한 패자들이 될 수 있는 문화를 만들어 주어야 한다. 그것이 싸워서 이길 수 있는 조직으로 만들 수 있는 첩경이다.

패자 자신 또한 경쟁에서 졌을 때는 먼저 자기 자신을 보아야 한다. 승자를 볼 필요가 없다. 승자 때문에 자신이 패자가 된 것이 아니고 자신의 부족함 때문에 경쟁에서 졌다고 생각해야 한다. 승자만을 보면 자신의 부족함이 보이지 않는다. 자신을 보아야 자신의 부족함이 보이고 다음의 경쟁에서 이길 수 있는 기회

　　　　　　　　　　　이순耳順에 삶을 말하다

를 만들 수 있다. 조직이 의연한 패배자로 만들어 주기를 기다리면 안 된다. 자신이 스스로 의연한 패배자가 될 수 있도록 노력해야 한다.

우리의 조직 생활은 유한有限하지만 우리가 좋아서 뜻을 품고 몸담은 이 조직은 후세들이 똑같이 여기에 들어와 그들의 소중한 꿈을 펼칠 무대이다. 후세들이 일할 조직의 미래는 오늘 우리가 어떤 마음으로 조직 생활을 하느냐에 달렸다.

조직의 문화가 승자들은 진정한 승자로, 패자들은 의연한 패자가 되는 분위기가 형성될 때 조직의 경쟁력은 극대화되고 살아 숨 쉬는 활력이 넘치는 건전한 조직이 될 것이다. 그렇지 않으면 석양에 떠 있는 조직으로 전락할 것이고 우리의 후세들에게는 없는 조직이 될 것이다.

역사는, 패자와 함께 가는 승자는 길고 높게 가고, 패자를 멀리하고 혼자 가거나 패거리들만 데리고 가는 승자는 짧고 낮게 가게 됨을 우리에게 잘 보여주고 있다.

16

삼인성호三人成虎 형의
사람이 되지 마라

10~11월쯤이 되면 우리 사회의 대부분은 연중 제일 어수선한 분위기가 된다. 조직마다 외부적으로는 조용한 듯 보이나 내부적으로는 마냥 평온하지는 않다. 그것은 각종 승진과 보직 이동의 시기이고 1년의 성과를 평가하는 시기이기 때문이다.

이와 관련해서 이맘때쯤이면 매년 어김없이 나타나는 것이 있는데 그것은 바로 유언비어이다. 누구는 뒤에 누가 있다더라, 누구는 뭘 했다더라 등의 사실이 아닌 '카더라'식의 소문과 과장된 말들이 너무나 많다. 문제는 이런 '카더라'와 과장된 말들이 검증없이 사실처럼 인식된다는 데에 있고, 대상이 되는 개인에게는 치명적으로 불행한 상황을 초래케 한다는 것이다.

세 사람이 모이면 없는 호랑이도 만든다

중국 전국시대 위魏나라 때 유래된 고사성어에 삼인성호三人成虎라는 말이 있다. 그 뜻은 '세 사람이 모이면 없는 호랑이도 만든다는 것'이다. 다시 말하면 세 사람이 똑같이 없는 호랑이를 있다고 우겨대면 실제 호랑이가 있는 것으로 믿는다는 의미이다.

위나라는 당시 강대국이었던 조趙나라에 태자를 인질로 보내게 되었는데 위나라 왕인 혜왕은 신하들 중에 신임이 두터웠던 방총을 태자와 같이 가게 하였다. 방총은 자신을 시기하던 조정 대신들이 자신이 떠나 있는 동안에 왕에게 자신을 모함할 것으로 생각하고 왕을 찾아가서 "전하! 만약 지금 누가 저잣거리에 호랑이가 나타났다고 하면 믿으시겠나이까?" 하고 물었다. 왕은 "누가 그런 말을 믿겠소!"라고 했다. 방총은 다시 "하오면 두 사람이 함께 아뢴다면 그때도 믿지 않으시겠나이까? 하고 물었다. 왕은 "역시 믿지 않을 것이오"라고 했다. 그러면 세 사람이 와서 말하면 믿으시겠느냐고 묻자 왕은 "그땐 믿을 것이오"라고 대답했다. 이에 방총은 자신이 조나라로 떠나게 되면 세 사람 이상이 자신을 험담하게 될 것이니 부디 왕께서는 믿지 말아 달라는 당부를 했다는 것에서 유래된 고사성어이다.[7]

---

7) 소년 조선일보, 2014.3

이처럼 사실이 아닌 것을 세 사람이 똑같이 말하면 듣는 사람은 사실로 믿는다는 것이다. 이것은 우주에 위성을 쏘아 올리는 최첨단 과학의 시대에 살고 있는 우리에게는 해당되지 않는 먼 옛날의 이야기로 치부하면 안 된다. 지금도 우리 사회 곳곳에서 일어나고 있는 현실적 상황이다.

대표적인 사례가 2008년 온 나라가 난리법석을 떨었던 광우병 사태라고 할 수 있다. 당시 광우병에 대해 우리 사회에서 떠돈 이야기들은 언론에서 표현한 것처럼 괴담 그 자체였으나 많은 국민들로 하여금 사실로 받아들이게 하고 급기야는 많은 사람들이 거리로 나와 촛불을 들게 하였다. 이것은 국민들 개개인이 지식이 부족했거나 판단 능력이 떨어져서 그랬다기보다는 바로 삼인성호 때문이었다고 생각한다.

세계적 수준의 의학기술을 가졌고 세계 그 어느 민족보다도 우수한 머리를 가진 우리 국민들이 삼인성호 앞에서 무너져 내린 대표적인 모습이었다. 지금도 기억에 생생한 루머는 "광우병은 공기를 통해서도 전염된다. 광우병 환자가 숨만 쉬어도 주위 사람들이 다 감염된다." 등이다.

여러 사람을 통해 이야기를 듣다 보면 자신의 이성적 판단은 그게 아니겠지 하면서도 입으로는 사실인 것으로 또 다른 사람에게 말하고 있었던 것이다. 이러한 내용들은 광우병에 대한 사회적 소요騷擾가 어느 정도 진정 된 후에 의학적 지식을 근거로 하여 '거짓으로 판명된 루머'들로 기사화되었다.

그런데 이것으로 인해 발생된 사회적 손실은 돈으로 환산하면 얼마나 될까? 광우병 사태가 한창이던 2008년 7월 한국경제연구원에서 광우병 촛불시위로 인해 발생한 비용(추정)을 연구한 결과에 따르면 직접 피해비용은 6,685억 원, 국가적 손실 1조 9,228억 원이고, 촛불시위가 장기간 지속된다면 사회적 비용은 7조 원을 상회할 것으로 전망된다는 것이다.[8] 이 돈은 하늘에서 떨어지는 것이 아니고 결국 우리 국민 개개인이 부담해야 하는 돈이다. 만약 삼인성호의 현상이 없었다면, 우리 자신들이 삼인성호에 들지 않으려고 노력했다면 부담하지 않아도 될 돈이었다.

조금 범위를 좁혀 우리 자신이 몸담고 있는 조직으로 가보자. 조직은 많고 적은 사람들로 구성되어 있고 구성원들은 각자 자신의 성향과 업무능력, 지식 등을 가지고 있다. 이런 구성원들을 굳이 구분해 본다면 대표적으로 자신의 말을 하는 사람과 자신의 것이 아닌 남의 말을 하는 사람으로 구분할 수 있다. 여기서 자신의 말이 아닌 남의 말을 하는 사람이 삼인성호형의 사람들이다. 이

---

8) 한국경제 연구원, 촛불시위의 사회적 비용, 2008.7

런 사람들은 자신의 능력으로 최선을 다해서 일을 하려고 하지 않는다. 자신의 정체성이 없고 업무에 대한 개념이 없으며 남의 말을 옮기는 척하면서 조직에서 묵묵히 최선을 다하는 사람들을 시기하고 깎아내려 그 반사이익에 관심이 많은 사람들이다.

어느 조직에서나 삼인성호형의 사람들은 있다. 그런데 삼인성호형의 사람들이 득세하는 조직은 훌륭한 인재들로 하여금 능력을 발휘할 수 없게 하고 조직을 떠나게 만든다. 그래서 조직이 더 이상 발전할 수 없고 미래가 없게 된다. 그런 사람들이 조직의 주류가 된다면 그 조직이 가는 길은 뻔하지 않겠는가!

건전한 조직을 만들려면 우선 구성원 개개인이 삼인성호에 들지 않도록 노력해야 한다. 다음은 조직의 리더들이 삼인성호를 잘 분별할 수 있어야 하고 삼인성호형의 사람들을 중용해선 안 된다. 그것이 건전한 조직을 만드는 길이요, 튼튼하고 살아있는 조직을 만드는 지름길이다.

이순耳順에 삶을 말하다

17

착각은 다가오는 행운을
비껴가게 만든다

운運은 정말 오는 것일까?

착각이 나에게 다가오는 행운을 비껴가게 만든다는 글을 쓰려고
하는 순간, 행운이란 것이 도대체 어떤 것일까, 나에게 다가올 정
도의 움직이는 것일까 아니면 나 자신도 어쩔 수 없이 그곳으로 빠
져 들어가게 될 정도로 이미 정해져 있는 것일까 라는 의문이 들었
다. 그동안 살아오면서 온몸으로 겪은 체험을 쓰는 글이지만 운이
란 것을 이해하기 전에는 '착각이 나에게 다가오는 행운을 비껴가
게 만든다'는 글을 쓴다는 것이 어딘지 모르게 켕긴다.

그동안 운에 대해서는 그렇게 깊이 있게 생각해 본 적이 없기도
하고 지인들의 성화에 끌려 철학관에 한두 번 간 정도의 작은 이
해의 폭을 가지고 있기 때문이기도 하다. 그렇지만 때때로 분에 넘
칠 정도의 좋은 일이 있었을 때는 운이 좋았다고 겸손의 말을 한

적도 있었고, 도저히 어찌할 수 없는 악재들이 닥쳐왔을 때는 운이 나빠서라고 아픈 마음을 달래기도 했다.

행운과 불운이 공존하는 운과 명은 어떤 관계일까? 인터넷상의 자료와 사전의 뜻을 종합해보면 운명은 운수運數와 명수命數가 있다. 運은 태어난 날을 기준하여 육십갑자의 순환에 따라 해마다 다가오는 것이고, 命은 사주팔자에 나오는 것처럼 태어난 순간의 년·월·일·시에 따라 결정되는 것이라고 한다. 즉, 운은 자신이 하기에 따라 다가오는 모양이 변할 수 있는 동적인 상황이고, 명은 변경될 수 없는 상황이 자신을 기다리고 있는 것으로 이해된다.

살아오면서 우리는 "운명은 어쩔 수 없이 타고난다"는 말도 들어왔고 "최선을 다한다면 운명도 극복할 수 있다"는 말도 많이 들어왔다. 나 자신에게는 물론 주변에 이런저런 좋고 나쁜 일들이 생기면 축하 차원에서, 위로 차원에서 공짜로 해줄 수 있는 말이었다. 위의 해석에 의하면 모두 다 맞는 말인 것 같다. 따라서 개인의 운명을 뜻하는 길흉화복을 예측하는 학문인 명리학命理學을 굳이 공부하지 않더라도 운명은 선천적인 것으로 변경될 수 없는 명과, 후천적인 것으로 자신의 노력 여하에 따라 변화시킬 수 있는 운이 혼재되어 전개되는 모습이 우리의 인생이라고 말할 수 있겠다.

그리고 보면 답도 없는 화두를 갖고 고민을 했던 어린 시절의 한때가 생각난다. 어느 날 친구들과 놀다가 큼직한 교통사고를 목격

했다. 당시 도로는 편도 1차선이고 찻길 옆에 인도가 붙어 있는 길이었다. 당시는 대부분이 이런 도로였다. 길을 달리던 트럭이 인도를 걸어가던 학생을 덮쳤고 학생은 그 자리에서 즉사했던 사고였다. 나는 그 사고를 목격한 후 심각한 고민에 빠졌던 적이 있다.

'왜 그 학생은 그렇게 빨리 허무하게 갔을까?'

그래서 그 이후로 인생론에 대한 책들을 읽었다. 책 내용의 전체를 이해하겠다는 차원보다는 '왜 사람은 빨리 죽을 수 있나'라는 단지 그 답을 찾기 위해 책을 읽었던 기억이 있다. 그때 책들의 내용은 지금 기억에 없지만, 어느 시점인가에서 내린 결론은 '다른 사람이 쓴 책으로는 답을 찾을 수 없다'는 것이었다.

나 자신이 "인생은 이런 것이라고 하면 그것이 나에게 정답이다" 하는 결론을 맺고, 더 이상 인생에 대한 책들을 읽지 않았다. 운명의 오묘한 뜻을 대충이나마 이해를 한 지금에서 생각해보면 부질없는 한때를 보냈구나 하는 생각이 든다.

60여 년의 삶을 돌이켜보면 命과 運은 나에게도 많이 있었다는 것을 부정할 수 없다. 6살 때쯤인 어느 날 재래식 화장실에 빠진 적이 있었다. 당시는 화장실이 집의 본체하고 다소 떨어진 위치에 있었다. 나의 기억은 화장실에 설치된 발판에 쪼그려 앉으려고 하는 순간 몸이 발판 사이로 빠져 떨어졌고 빠져나오려고 허우적거리면서 숨이 막힌다는 기억이 전부다.

그 다음은 어머니의 말이다. 할머니께서 일을 보러 갔는데 똥과

뒤범벅이 되어 뭔가가 꿈틀거리는 것이 보이더라는 것이다. 순간적으로 '손자다!'라는 생각이 들었고 고래고래 소리를 질러 사람을 부르고 한바탕 난리를 친 후 나를 건졌다는 것이다.

그 후 초등학교 4~5학년 때쯤의 여름으로 기억된다. 동네를 휘돌아 흘러가는 제법 큰 개울이 있었다. 나는 친구들과 멱을 감으러 갔고 며칠 전 많은 비가 온 후라 잔뜩 불어난 물살이 제법 셌다. 우리는 멱 감을 장소를, 큰 암반으로 인해 물 흐름의 낙차가 생기면서 그로 인해 웅덩이가 만들어진 곳으로 선택했다. 그리고 거리낌 없이 마냥 즐거운 마음으로 앞서거니 뒤서거니 옷을 훌러덩 벗고 물에 뛰어들었다. 나 역시 동시에 물에 뛰어들었고, 그리고 잠시 후 몸이 물 위로 올라오지 않는 느낌을 받았다. 아차 싶었다. 낙차로 인해 위에서 떨어지는 물로 생긴 소용돌이 속에 말려 들어간 것이다. 순간적으로 온 힘을 다해 물 위를 향해 헤엄을 쳤지만 소용이 없었다. 그리고 힘이 빠졌고 의식이 희미해져 갔다. 그 순간 땅 위에 서 있던 친구가 나를 보고 위험을 직감했는지 다이빙하듯이 들어와 나의 목을 잡고 소용돌이 속을 헤쳐 나왔다.

정말 순간적이었다. 그 몇 초 사이 친구가 나를 보지 못했다면 나는 분명히 익사했을 것이다. 이처럼 나는 죽음의 문턱 몇 초 앞까지 갔다 온 경험들이 있다. 이런 것이 나의 命이 아니었나 생각된다. 이외에도 命에 해당되는 기억들이 다수 있지만 모두 소개하지 못해 아쉽다.

이순耳順에 삶을 말하다

運에 해당하는 기억들도 많다. 삶의 중요한 순간마다 격려해주고 방향을 조언해 준 많은 분이 있었다는 것, 사랑하는 가족들이 있게 한 것, 지금 이 책을 쓰고 있는 것 등 모두가 행운이다. 물론 승진에서 떨어진 것, 하고자 했던 일을 다 하지 못한 것 등 불운도 많이 있었다. 간혹 지나간 불운들을 복기復棋하다 보면 모든 것이 나 자신의 잘못으로 생긴 것이라는 아쉬움이 많이 든다. 스스로 착각하거나 방심해서 나에게 다가오는 좋은 운을 비껴가게 만든 것이다.

근래 출판된 책들 중에는 죽을 때 후회하는 것들을 담은 책들이 있다. 대부분의 사람들이 죽을 때 후회하는 것들을 가지고 있을 것이다. 그 후회되는 것들 속에는 착각이나 방심으로 인해 자신이 잡을 수 있는 좋은 기회들을 놓친 것들일 것이다.

착각은 좋은 운을 비껴가게 만든다

"능력과 운運을 구별하지 못하면 자신에게 속게 되고 자신에게
속으면 마음과 눈과 귀가 닫혀진다"

– 2008년 일기에서

2008년 승진에서 보기 좋게 미역국을 먹고 난 후 한동안 나는 왜 경쟁에서 졌을까 하고 마음의 방황을 하고 있었다. 능력이 부족해서? 운이 없어서? 인사권자로부터 미움을 사서? 그런데 나이

가 지천명을 살짝 넘은 때라 마음의 힘듦을 가족이나 주위 사람들에게 내색을 할 수 없었고 그저 미안한 마음으로 혼자만 속앓이를 하고 있었다. 마음을 다잡지 못하고 죄 없는 인터넷만 이리저리 뒤적이고 있던 와중에 나 자신을 일깨우는 그림과 그에 관한 인터넷 기사가 눈에 들어왔다.

15세기 색채의 제왕으로 불리는 유명한 화가 티치아노(1488-1576)의 『살가죽이 벗겨지는 마르시아스』라는 그림과 그에 관한 기사가 바로 그것이었다. 요약하여 정리하자면 이렇다.

마르시아스는 어느 날 아테나 여신의 피리를 줍게 된다. 마르시아스는 피리를 잘 불게 되자 우쭐한 기분에 음악의 신 아폴론에게 경연을 제안한다. 아폴론 신은 마르시아스의 교만에 화가 났으나 진 사람은 이긴 사람으로부터 어떤 벌도 달게 받겠다는 조건으로 도전을 수락하고 경연에서 이긴다. 그리고 아폴론은 마르시아스의 살가죽을 벗기라 명령하는 내용이었다.[9]

마르시아스가 아테나 여신이 버린 피리를 줍게 된 것은 그의 행운이었고 열심히 연습하여 음악의 신 아폴론에게 도전할 정도의 실력을 쌓은 것은 그의 탁월한 능력이었을 것이다. 그런 마르시아

---

9) 인터넷 중앙시사매거진, 이주헌의 〈아트스토리 삶의 지혜를 주는 그림들〉 2011.7

스가 살가죽이 벗겨지는 처참한 삶을 맞이하게 된 원인은 행운과 능력에 대한 착각의 대가임을 티치아노는 한 장의 그림으로 보여준 것이다.

　사람들은 각자 자신의 생각과 방식으로 꿈과 목표를 향해 열심히 공부하고 일을 한다. 그런 삶의 과정들이 모여 많은 경험과 지식들을 축적하게 되고 그것이 삶을 개척해 나가는 자신의 능력이 된다. 그런데 지나온 삶의 과정들을 돌이켜 보면 축적된 능력이 머리의 용량만으로 얻어진 것이 아니란 것을 새삼 느끼게 된다.

　다시 말하면 학교에서 좋은 선생님을 만나 공부에 집중할 수 있는 것, 직장에서 자신을 믿고 일을 맡겨주는 좋은 상사를 만나는 것 등등이 마르시아스가 아테나 여신의 피리를 주운 행운처럼 모두 자신의 능력을 키워나가는데 밑거름이 되는 행운들이다. 이런 행운들이 없이 머리만으로 자신의 능력을 키워나가는 데에는 분명 한계가 있다. 이럼에도 불구하고 대부분의 사람들은 어느 정도 자신의 능력이 커지면 모두 자신의 머리 때문으로 생각하게 된다.

　화가 티치아노는 『살가죽이 벗겨지는 마르시아스』라는 그림을 통해 몽매한 인간들에게 자신의 능력에 대해 착각하지 말라고 경고한 것이다. 그 능력에는 운이 함께 있고 그것을 망각하고 기고만장해 하면 그 결과는 살가죽이 벗겨지는 아픔을 받을 수 있다는 것을 경고한 것이라고 생각한다.

이 그림과 관련 기사를 보면서 나 자신이 승진에서 미역국을 먹게 된 원인은 바로 티치아노가 경고한 것처럼 운과 능력을 구별하지 못했기 때문이라는 생각이 들었다. 그렇다고 나의 능력이 마르시아스처럼 뛰어났다고 하는 것은 아니다. 그냥 보통의 수준이라고 말하고 싶다. 그런 수준으로 최선을 다해 일을 했고 그 과정 속에서 인정받은 능력과 타고난 작은 운으로 지천명을 살짝 넘긴 나이까지 한 조직에서 살아남았다. 2008년은 그 조직에서 계속 살아남느냐 아니면 도태하느냐의 기로에 선 또 한해였다.

나는 계속 살아남을 수 있는 기회가 왔다고 생각했다. 당시 인사권자가 이전에 같은 부서에서 일한 상사이었고 흔히 이야기하는 지연의 관계도 있었다. 그래서 당시 나의 생각은 지금까지 해온 모습대로 그 마음으로 하면 기회가 올 수 있겠다 싶었다. 지금까지 해온 능력대로 하면 되겠지 라고 착각을 한 것이다. 결과는 티치아노가 경고한 그대로였다.

착각이 가르쳐준 삶의 교훈

승진에 실패한 대가로 나는 착각에는 중요한 삶의 의미가 있다는 것을 깨달았다. 운과 능력으로 이룬 삶의 결과들을 자신의 능력 때문이었다고 착각하게 되면 교만해지고 자만에 빠져 운과 함께 오는 행운의 기회를 놓치게 된다는 것이다.

운은 두 가지가 있다고 본다. 하나는 자신이 어찌할 수 없는 것,

소위 말하는 命과 같은 것이 있고 다른 하나는 자신이 어느 정도 관리할 수 있는 것이 있다. 즉 자신이 운을 관리하여 자신의 것으로 만들 수 있는 것이다. 우리 사회는 성공을 하려면 학연, 지연, 근무연 등이 있어야 하고 금수저의 신분이면 '따 놓은 당상'이라고 하는 생각들이 만연해 있다. 물론 전혀 틀린 말은 아니다. 그렇다고 모두 맞는 말도 아니다. 학연, 지연, 근무연 등은 자신의 능력보다는 오히려 자신의 운 쪽에 가까운 사회적 요소들이다.

그런데 생각해 보면 이런 연緣들은 누구나 잡을 수 있는 기회가 열려 있다. 이것을 '운의 기회관리'라고 정의하고 싶다. 2008년 승진 시기 때 근무연과 지연의 운이 있었다. 그런데 그것이 나에게 승진의 운으로 오지 않았다. '운의 기회관리'를 하지 못한 탓이었다.

예를 들면 상사와 같이 근무할 당시에는 근무연의 상호 마음 온도, 즉 공감온도가 100도라고 하면 그 후 서로 떠나 있는 기간에는 점차 내려간다. 더욱이 그 부서에서 새롭게 근무하는 사람들과의 공감온도가 올라가면 나와의 공감온도는 급격히 내려간다. 따라서 공감온도 100도를 유지하려면 지속적으로 서로의 체온을 주고받을 수 있도록 노력을 경주해야 한다.

상사에 대한 나의 마음 온도는 변함없이 100도였지만 나에 대한 상사의 마음 온도는 내가 노력하지 않는 한 절대 100도가 될 수 없다는 것이다. 그런데도 나는 같이 근무할 때의 그 모습과 능력으로 일만 하면 될 것이라는 착각을 한 것이다. 거기에다 지地연이 있으니 내 마음의 온도만큼 공감온도를 가져 주겠지 하고 착각을 했다. 이것은 축적된 업무능력 외에 타고난 운이 있었음을 잠시 잊고 모든 것이 나의 능력으로 이루어졌다는 착각을 하는 바람에 운으로부터 오는 잡을 수 있는 기회를 잡지 못한 이유이다.

착각이 나 자신을 속였고 그로 인해 마음과 눈과 귀가 닫혀 운으로부터 오는 행운의 기회를 보지 못한 것이다. 이러한 착각은 나만 겪은 것은 아닐 것이다. 우리가 그동안 살아오면서 마음 아픈 실패의 경험들이 있다면 왜 그랬을까 하고 지금이라도 기억을 더듬어 보라. 거기에는 분명히 뭔가 착각을 한 부분, 그래서 후회스러운 부분이 있을 것이다.

지금도 우리는 이런저런 착각 속에 살아가고 있는지도 모른다. 착각을 하는 것은 개인의 자유이나 그것으로 인해 교만해지거나 자만에 빠져 자신에게 오는 행운의 기회가 자신을 외면하고 비껴가게 하는 우遇를 범해서는 안 된다.

18

주위 사람들끼리
나를 칭찬하게 하라

'이 험한 세상에서 온갖 풍파를 헤치고 굳건히 살아가게 할 수 있는 힘'은, 사람마다 느끼는 온도의 차이는 있을 수 있겠지만 공통적으로 느낄 수 있는 것이라고 생각되는 것 중에 하나는 '나의 주위에 있는 사람들이 자기들끼리 나를 칭찬해주는 말'이라 생각한다. 나에게 직접 해주는 칭찬의 말이 아니라 그들끼리 나를 칭찬하는 말이다. 어린애도 아니고 무슨 뚱딴지같은 말을 하고 있나 라고 할 것이다.

그런데 나 자신이 힘들거나 어려운 상황에 처해 있을 때 무엇이 나에게 힘이 되어 주고 쓰러지지 않고 다시 일어나게 해 주었는지, 또 무엇이 한없이 무너져 내리는 나의 자존감을 다시 북돋아 주었는지를 생각해 보면 당연히 가족의 사랑이 먼저 떠오르고, 그다음으로 지인들의 도움, 운運 등이 생각날 것이다. 여기에서 이해타산

제2장 자존감을 높여주는 삶의 화두

139

이 없이 언제, 어떤 경우라도 제일 큰 힘이 되는 것은 역시 가족의 사랑인 것은 분명하다.

그럼 "지금까지 살아오면서 나 자신이 겪은 수많은 어려움은 가족의 사랑만으로 극복한 것일까?" 라는 물음에는 지인들의 도움도 있었고 운도 따랐다고 고백하지 않을 수 없을 것 같다. 그런데 이런 요인들이 내가 어려움에 처했을 때 가족의 사랑처럼 당연히 나에게 힘이 되어줄 수 있는 것들이었을까 라고 생각해 보면 그렇지는 않다. 그럼에도 불구하고 이런 것들이 내가 필요한 시기에 나에게 힘이 되어 준 것은 '주위에 있는 사람들이 자기들끼리 나를 칭찬한 그 힘' 덕분이라 생각한다. 나는 그 칭찬의 힘이 나 자신도 모르는 상태에서 나의 주위에 맴돌고 있다가 필요로 할 때 보이지 않은 도움을 주었다고 느끼고 있다.

칭찬에도 종류가 있다

첫째는 '남이 나에게 해주는 칭찬'이다. 이것은 직장 상사나 동료, 주위의 사람들이 여러 가지의 의미를 담아 나에게 해주는 칭찬이다. 그 속에는 칭찬받을 만한 일을 한 데 대한 축하의 의미가 담길 수도 있고, 일을 잘못한 데 대해 힘을 내라는 격려의 의미가 담길 수도 있다. 또 좋은 관계를 갖기 위한 호감의 표현일 수 있고, 아무런 의미 없이 그냥 흘리는 말뿐인 칭찬일 수도 있다.

이외에도 남의 칭찬에는 다양한 의미가 있을 수 있다. 이 칭찬은 주로 나와 상대방이 1:1의 관계 속에서 이루어지는 상황이기 때문에 칭찬이 나 자신에게 가져다줄 수 있는 지속성의 효과는 짧고 파급波及의 효과는 제한적일 수 있으나, 자기 자신을 반전시킬 수 있는 계기가 될 수 있고 하는 일에 의욕을 가질 수 있게 하는 칭찬이다. 또한, 일회성의 칭찬이기는 하나 반복적으로 받게 되는 경우에는 상대방으로부터 신뢰를 얻을 수 있기 때문에 무엇보다도 자신의 꾸준한 노력이 요구되는 칭찬이다.

두 번째는 '내가 남에게 해주는 칭찬'이다. 우리가 살아가면서 하루에도 몇 번씩 가깝게 있는 사람들에게 해주고 있는 칭찬이다. 가족을 위해 헌신하고 있는 아내에게 "어, 오늘 김치찌개 맛이 최고네"라고 건네는 근사한 칭찬과, 평소 칭찬에 인색한 사람이 간혹 한마디씩 던지는 밋밋한 칭찬 등 가정에서의 칭찬이 있고, 출근 후 동료나 부하 직원들에게도 "김 대리, 오늘 회의 준비 잘했어"라는 등의 실제 있었던 일에 대한 칭찬, 동료나 부하 직원들을 위해 분위기를 좋게 하고, 격려하려는 마음에서 수시로 해주는 직장에서의 칭찬들이 있다. 또 직접 만나지 않더라도 멀리 있는 지인들에게 전화상으로 칭찬의 말을 해주는 일도 생긴다.

이 칭찬 속에 담기는 의미는 자신의 성격과 하고 있는 일의 특성 등에 달려있다. 칭찬해주기를 좋아하는 사람이 있고 인색한 사람도 있다. 진심을 담아 꼭 칭찬해줄 일이 생겼을 때 해주는 사람이 있고 그냥 좋은 기분을 전하고자 하는 단순한 마음으로 칭찬을 남발하는 사람도 있다. 또 영업을 담당하는 사람처럼 마음에도 없는 칭찬을 해주는 경우도 있다. 그래서 이 칭찬은 때로는 자신의 진심을 담은 마음을, 때로는 가심假心을 담은 마음을 상대방에게 주는 것이고, 그 마음의 상태는 본인만이 정할 수 있는 칭찬이다.

세 번째는 '주위 사람들끼리 나에 대해 해주는 칭찬'이다. 이 칭찬은 자신이 해주는 칭찬도 아니고 상대방으로부터 직접 듣는 칭찬도 아니다. 자신이 모르는 상태에서 제삼자 간에 일어나고 있는 나에 대한 칭찬이다.

이 칭찬 속에는 자신에 대한 진정한 평가가 들어 있고, 칭찬을 하는 사람들의 진실성이 들어 있다. 듣기 좋으라고 하는 말이 아니란 것이다. 또 이 칭찬 속에는 특정한 일에 대한 칭찬이라기보다는 지나온 삶의 과정에서 보여준 자신의 성품, 타인과의 관계 등 자신이 살아온 전체의 모습이 고스란히 녹아 담겨있다. 그래서 이 칭찬이 나 자신에게 가져다주는 효과는 지속성이 길고, 파급波及의 범위가 넓을 수밖에 없다.

말에는 힘이 있다

칭찬의 사전적 의미는 "좋은 점을 높이 평가하여 말한다"이고, 한자해설 편에는 "벼를 저울에 올려놓은 모양(稱)을 나타낸 것으로, 벼의 무게를 소리쳐 알린다(讚)"는 뜻이 있다. 즉 칭찬의 중요한 의미는 소리쳐서 알린다는 것이다.[10]

10) 엣센스 국어사전 제5판, 민중서림, 2001.5/
   한자해설, 동신출판사, 1995.3

이순耳順에 삶을 말하다

칭찬은 마음속으로 또는 몸짓으로 해줄 수 있는 것이 아니고 반드시 말로써 해야 한다는 것이다. 우리의 옛말에 "말이 씨가 된다"는 말이 있다. 간혹 나누는 대화 속에서 조심하라는 차원으로 이 말을 사용하기도 하고, 또 어떤 특정인이 처해진 안타까운 상황을 두고 평소 그 사람이 한 말을 되새기며 말이 씨가 되었다는 말을 하는 경우도 있다.

이처럼 우리는 과학적으로 증명은 할 수는 없으나 말에는 힘이 있다는 것을 느끼고 경험하고 있다.

2014년 MBC 방송에서 한글날 특집으로 말의 힘을 실험한 방송을 본 적이 있다. 이것은 2002년 출판된 일본의 의학박사인 에모토 마사루의 『물은 답을 알고 있다』의 내용과 같은 맥락이라고 생각된다.

쌀밥과 양파, 물 등을 대상으로 이것을 담은 그릇이나 컵에 고마워, 사랑해 등의 좋은 글을, 다른 한쪽은 미워, 싫어 등 나쁜 글을 써 붙여 놓고 실험자가 하루에 몇 번씩 말을 한 결과, 좋은 말을 한 쪽은 누룩처럼 발효한 것과 같은 상태의 밥과 뿌리가 내린 양파의 모습이 되었고 나쁜 말을 한 쪽의 밥은 부패되고 양파는 뿌리가 내리지 않은 상태가 되었다.

물론 과학적으로 증명되지 않은 이유로 반론도 여전히 있는 것 같지만, 살아오면서 겪은 경험과 주변 지인들이 평소 하는 말과 삶의 결과들을 보면서 말에는 뭔가 모르는 힘이 있다는 것에 동의를 하고 싶다.

굳이 예를 든다면 모든 일에 항상 불평과 불만을 먼저 얘기하는 사람들이 있고 대인관계에서도 항상 부정적인 측면을 먼저 갖고 대하는 사람들이 있다. 이런 사람들은 그들이 말하는 대로 대개의 경우 삶이 부정적으로 풀리면 풀렸지 긍정적으로 풀리는 사람을 본 적이 별로 없다.

이처럼 말에는 힘이 있고 말로서 전해지는 칭찬에도 힘이 있을 수밖에 없으며, 그 칭찬에 담기는 말의 힘도 종류에 따라 다 다를 수 있다. 특히, 칭찬의 말 중에는 남이 자신에게 해주는 칭찬, 자신이 남에게 해주는 칭찬보다 '주위 사람들끼리 나에 대해 해주는 칭찬'이 가장 많은 힘이 있다고 생각한다.

승진 심사에서 진가가 발휘된 주위 사람들의 칭찬

승진심사를 다녀왔다. 승진심사 위원으로 갔다 오면 느끼는 게 많다. 나 스스로 다른 사람을 평가할 수 있는 능력이 있는지…

그럴 때마다 내 개인이 가지고 있는 편견을 버리고 여러 사람들이 가지고 있는 판단의 공통분모를 찾아 평가하는 것이 크게 실수하지 않을 거라는 생각을 하곤 했다.

승진심사의 주류도 그런 분위기다. 누구누구는 묵묵히 최선을 다해 일한다. 품성이 정말 훌륭하다 등등.

주위에 떠도는 하마평이 승진심사 때 거론된다. 이렇게 거론되는 사람들은 승진에 선발될 가능성이 커진다.

- 2008년 7월 일기에서

승진심사는 조직마다 기준과 절차를 갖고 있다. 공통적인 부분이라고 한다면 인사부서에서 관리하고 있는 여러 가지 자료를 기준으로 검증하고 평가하는 등의 승진 대상자를 선별하는 과정을 거친다. 대개의 경우 그 자료에는 승진을 위한 기준이 정해져 있고, 그 기준에 따라 대상자들이 대상기간 중에 획득한 점수들이 전산화되어 등급이 매겨져 있는 것이 일반적인 상황이다. 대상자들이 획득하는 점수는 크게 두 가지로 나뉜다고 볼 수 있다. 하나는 대상자 본인이 노력해서 따는 점수들이다. 예를 들면 영어점수, 교육이수 점수 등이다. 다른 하나는 동료나 상·하 직원들이 평가해주는 점수이다. 방법은 조직마다 조금씩 다를 수 있으나 다면평가라는 것이 그런 방법의 한 종류일 것이다.

이런 자료를 근거로 승진 심사위원들은 심사를 하고 승진 대상자들을 선별한다. 등급이 최상위에 있는 사람들은 논쟁의 여지가 없이 대부분 그대로 승진 대상자로 분류된다. 문제는 승진 쿼터(quota)가 제한되어 있고, 점수가 쿼터 권에 있는 사람들이 많다는 것이다. 이런 경우는 심사위원들의 평가가 승진과 낙선에 영향을 미친다.

심사위원 자신도 심사 대상자 모두를 다 알 수는 없다. 몇 사람에 대해 알고 있다 하더라도 다른 심사위원들이 평가하는 것과 다른 내용들이 많을 수 있다. 물론 자신이 맞고 그들이 틀릴 수도 있다. 그러나 사심을 내려놓고 중론을 모아보면 옳고 그름의 간격이 많이 좁혀지는 것 또한 사실이다. 이럴 때 승진 대상자로 올라가느냐, 낙선자로 떨어지느냐에 제일 크게 작용하는 힘은 나의 경험상 '주위 사람들끼리 칭찬해준 힘'이라고 말하고 싶다.

이럼에도 불구하고 승진심사의 결과들을 두고 만족해하는 사람은 많지 않고, 칭찬이 힘이 되어 준다는 말에 동의하지 않는 사람들도 있을 것이다. 그 이유는 어느 조직이든지 아부형의 사람이 있고, 이런 사람들을 좋아하는 사람들이 있다. 또 못마땅하고 반칙이어서 반드시 사라져야 할 부분이지만 금수저의 사람들이 분명 있기 때문이라고 생각한다.

사람이 사는 사회이니까 이런 사람들이 있을 수밖에 없다고 생각하지만, 한편으로는 이런 사람들의 모습을 보며 승진심사의 절차를 못 미더워하고 결과에 쉽게 만족하지 못하고 실망하는 것이다. 그러나 그런 사람들은 극소수일 뿐이다. 이 사회의 주류들은 여전히 건전한 생각으로 살아가는 사람들이고, 이런 사람들의 세계 속에서 일어나는 칭찬의 힘을 말하는 것이다.

칭찬의 관점들

한때는 나 자신도 영혼이 없는 사람처럼 삼인성호형의 사람들

속에 끼어들어 누구를 칭찬하는 말을 많이 듣기도 했고 또 해주기도 했다. 그런 말들을 토대로 칭찬해야 할 대상자가 없는 자리에서 삼자끼리 칭찬하는 경우는 대략 두 가지의 관점이다.

첫째는 대상자의 진실성이다. 의외로 현대 사회 속에서 살아가는 우리는 진실성이 부족하다. 어떻게 보면 사람들의 본성 자체가 진실성이 부족한 것이 아니라 사회가 우리를 그렇게 만든다고 하는 것이 정확한 표현일지 모른다. 구태여 이 말의 옳고 그름을 증명할 필요도 없다. '진실하게 살아가는 사람이 손해를 보는 사회'라는 말에 공감이 간다면, 또 평소 자신이 하는 말이 전부 진심에서 하는 말인지 아니면 이런저런 상황 때문에 어쩔 수 없이 하는 말들이 있었는지를 생각해 보면 더욱 이해하기 쉬울 것이다.

나도 때로는 마음에도 없는 말, 싫어도 듣기 좋으라고 한 말 등 진실성이 없는 말을 한 적이 많았기 때문에 우리가 하는 말 속에는 진실성이 부족한 것이 사실이라고 말하고 싶다. 그래서 사람들은 자신들이 부족한 진실성에 대한 마음 한쪽의 아쉬움으로 인해 진실한 타인에 대해서는 아낌없는 칭찬의 말을 하는 것이 아닌가 생각된다.

둘째는 대상자가 최선을 다해 노력하는 모습이다. 이미 우리 사회는 최선을 다해 노력해서 자신의 목표를 달성하기에는 힘들고 시간이 많이 걸리는 사회가 되어 버렸다. 이제는 최선을 다하기보다는 변칙의 수단을 동원하지 않으면 안 된다는 생각이 만연해 있고 또 실제 그런 모습들이 많이 나타나고 있다. 그래서 최선을 다해 묵묵히 자신의 길을 걸어가서 성공한 사람들에 대해서는 열광하고 존경의 대상으로 삼는다. 이런 사람들은 스포츠계에 많다. 왜냐하면, 스포츠에는 비교적 편법이 끼어들 여지가 적고 오로지 흘린 피와 땀으로 자신의 목표를 성취하는 사람들이 많기 때문이다.

이처럼 우리는 자신이 하지 못한 어려운 길을 올바르게 걸어가는 사람들에게 박수를 보내게 되는 것이다. 그것은 자신도 그 길로 가고 싶었는데 가지 못한 보상심리에서 나오는 행태일 것이다.

이런 마음에서 하는 칭찬에는 사심이 있을 수 없고 가식假飾이 들어갈 수가 없다. 그래서 칭찬하는 말에 힘이 있는 것이다.

진실하게 최선을 다해 살아간다는 것은 분명 쉽지 않은 일이다. 이렇게 살아가다 보면 뭔가 손해를 보고 있다는 것이 피부로 팍팍하게 느껴지는 경우가 많기 때문에 더욱 어렵다. 그러나 우리 자신의 내면에는 진실하게 최선을 다해 살아가겠다는 본성이 분명히 자리 잡고 있다.

자신의 본성을 구태여 왜곡해서 살려고 하지 말고 다소 손해를 보는 한이 있더라도 자신의 본성 그대로 인정하면서 살아가자. 굳이 주위 사람들에게 칭찬을 받기 위해서가 아니라 하나밖에 없는 자기 자신을 위해서라도 해볼 가치가 충분히 있다고 본다.

19

후회,
젊을 때 많이 하라

　우리 삶의 모습은 생각하고, 결심하고, 행동하는 과정의 연속이다. 이번 주말에 무엇을 할까 생각하고, 가족과 같이 모처럼 영화를 보러 가야겠다고 결심하고, 보고 싶은 영화를 골라 저녁에 영화를 보러 가는 행동의 과정들 즉 이런 과정들의 연속인 것이다.

　또 그 과정 하나하나에는 반드시 따라오는 결과들이 있고, 그 결과들이 쌓여 자신의 삶의 모습이 되는 것이다. 우리들의 삶이 어느 순간 힘들어지고 이상하게 자꾸 꼬여갈 때는 생각하고, 결심하고, 행동하는 그 삶의 과정에서 분명 어느 한 부분이 이상이 있다고 보면 된다. 생각을 잘못했거나, 결심을 잘못했거나, 행동을 잘못했을 경우이다. 분명 어느 한 곳에서 자신이 잘못한 것이 있다는 것이다.

　우리 인간들은 신이 아닌 이상, 누구나 이런 연속되는 삶의 과정에서 잘못된 생각, 결심, 행동을 한 번쯤 하게 되어 있다. 자신이 인정할 정도로 자신의 잘못인 경우도 있고, 자신이 아닌 사람과의 관계, 조직과의 관계, 사회 변화와의 관계 등으로 인해 잘못되는 경우들도 있다. 이러한 잘못들은 자신의 삶에 영향을 미치지 않는 상태에서 자신도 모르는 사이에 지나가 버리는 경우도 있고, 영향을 미쳐 자신을 힘들게 하는 경우도 생긴다.

그래서 우리는 누구나 살아가면서 잘못으로 인해 힘든 삶의 한 때를 맞게 된다. 나 역시 힘든 삶의 시기가 있었다.

우리들 삶에 어김없이 찾아오는 차가운 바람이 있다.
누구에게나 오는 차가운 바람이다.
그 바람이 나를 매몰차게 지나가고 있다.
차가움을 느끼지 않으려고 애를 쓰면 쓸수록 차가움이 더 느껴
진다.

스쳐 지나가는 그 바람을 훈훈하게 만들려고 해도 마음대로 되
지 않는다.
그런 의지를 갖지 못한 나 자신을 책망해 본다.
그런데 깨달았다. 의지만이 중요한 것이 아니라는 것을.
나 자신을 알고 인생의 중심에 나를 갖다 놓으니까 훈훈해졌다.
                                          - 2008년 10월 일기에서

자신의 삶의 과정에 뭔가 잘못된 상황이 일어났고 그것으로 인해 힘들어졌을 때 제일 먼저 나타나는 현상은 원망과 후회의 두 가지 감정感情이다. 원망의 사전적 뜻은 '(남이 나에게 한 일을) 억울하게 여겨 탓하거나, 분하게 여겨 미워함'이고, 후회는 '이전의 잘못을 깨치고 뉘우침'이다. 즉 원망은 자신에게 일어난 모든 일이 타인 때문이라고 생각하는 마음의 상태이고 후회는 잘못이 자신에게 있다는 마음의 상태이다.

중요한 것은 자신이 갖는 마음의 상태에 따라 삶이 더욱 질곡의 나락으로 빠져들게 될 수도 있고, 어려움을 이겨낼 수도 있다는 것이다. 즉 삶의 어려움을 극복하는 방법을 자신이 아닌 외부에서 찾느냐 아니면 자신의 내부에서 찾느냐에 달린 것이다.

외부에서 찾게 되면 마음속에는 원망이 생기게 되고 불어오는 삶의 바람은 차갑게 느껴질 수밖에 없다. 찾으려고 노력하면 할수록 마음속에는 타인에 대한 원망만 계속 쌓이게 되고, 삶의 방향이 원망과 뒤섞여 차가운 바람 속으로 내몰리게 된다. 그렇다고 나아가야 할 삶의 방향을 찾을 수 있는 것도 아니다. 혼란과 방황, 아픔만 있을 뿐이다. 이런 때는 빨리 내부에서 어려움을 극복할 수 있는 방법을 찾도록 해야 한다.

삶의 과정에서 뭔가 잘못이 벌어진 상황의 중심에 타인이 아닌 자신을 갖다 놓아야 한다. 그래야 헤쳐나갈 방향이 보이고 자신의 마음에 훈훈한 바람이 불어올 수 있다.

후회는 삶을 성숙시키는 힘이다

잘못된 삶의 중심에 자신을 갖다 놓으면 반드시 후회의 감정이 떠오른다. 후회가 있는 삶은 삶의 중심에 자신이 있다는 증거다. 그래서 원망이 있는 삶보다는 후회가 있는 삶이 좋다.

나 자신에게도 한때는 원망의 삶이 있었고, 후회의 삶도 있었다. 돌이켜보면 원망의 삶을 살 때는 나 자신이 어디에 있는지를 느낄 수가 없었다. 앞으로 무엇을 하겠다는 생각보다는 과거의 일에 함몰되어 있었다. 그래도 후회의 삶일 때는 나 자신을 다잡는 마음이 있었고, 앞으로 나아가게 하는 힘이 있었다. 지금 이 책을 쓰게 된 동기도 후회의 삶 속에서 생겨나게 되었다.

후회의 삶에 대한 감정은 삶의 무게가 늘어날수록 또는 생을 마감할 때 가장 잘 드러난다. 인터넷에서 '죽을 때 후회스러운 것'들을 검색해 보면 많은 것들이 있다. 그런데 많은 사람이 후회스럽다고 한 것들을 분석해 보면 대략 세 가지의 범주인 것 같다.

첫 번째는 최선을 다할 수 있었는데 다하지 못한 것,
두 번째는 마음에 있는 것을 행동으로 옮겨야 했는데 못한 것,
세 번째는 남에게 보이기 위한 삶을 살았다는 것이다.

공부를 좀 더 열심히 하지 못한 것, 직장에서 맡은 업무에 충실하지 못한 것 등이 최선을 다할 수 있었는데 하지 못한 것이고, 멋

이순耳順에 삶을 말하다

진 연애를 한번 하지 못한 것, "고마워"라고 말하지 못한 것 등이 행동으로 옮기지 못한 것이다. 자신의 감정을 주위에 솔직히 말하지 못한 것, 자신에게 정직하지 못한 것 등이 남에게 보여주기 위한 삶의 내용들일 것이다.

　최근에 우리 사회에 신드롬을 가져온 『버킷 리스트』라는 영화가 있었다. 병원에서 우연히 알게 된 두 노인이 죽기 전에 하고 싶은 일, 즉 버킷 리스트를 서로 작성하게 된다. 그래서 삶이 얼마 남지 않았지만, 이제라도 하고 싶었던 일을 해보자고 결심을 하고 실행해 가는 여정을 그린 영화다.

　이 영화로 인해 우리 사회는 버킷 리스트에 대해 많은 관심을 갖게 되었다. 결국, 이런 현상은 우리 모두의 마음속에는 생각하고, 결심하고, 행동하는 삶의 과정에서 뭔가 아쉽고 후회스러운 것이 많이 있다는 것을 반증하고 있는 것이라고 본다. 또 이 영화는 영화를 통해 늦었지만 두 노인이 그들의 긴 삶 속에서 후회스러운 것들을 상기하고 그 후회를 통해 무너져 가는 자신들의 삶을 의미 있게 완성해 가는 모습을 보여준다. 후회는 자신의 삶에서 나쁜 것이 아니라 자신의 삶을 성숙시키고, 완성시켜 가는 힘인 것을 이 영화는 가르쳐주고 있다.

후회, 이왕이면 젊을 때 하라

　분명 후회는 자신의 삶을 성숙시켜 가는 힘임에도 불구하고 우리의 삶에서 후회라는 단어는 부정적인 측면이 많은 것이 사실이다. 그래서 "후회할 일 하지마라", "후회스러운 일 되돌릴 수 없다" 등의 옛말도 많다. 그러나 생각하고, 결심하고, 행동하는 과정의 연속인 삶 속에서 한 번도 후회되는 일을 하지 않는다는 것은 불가능에 가깝다. 왜냐하면, 사람이 살아가면서 한 일들에 대한 후회가 아니라 최근 유행어에 "결혼을 해도 후회, 안 해도 후회"라는 말처럼 하지 않은 일들에 대한 후회도 있기 때문이다.

그런데 실상은 후회가 부정적인 것보다 긍정적인 면이 훨씬 많다. 후회의 감정이 없으면 하고 싶은 것을 찾을 수 없고, 또 삶에서 중요한 것이 무엇인지 인지할 수 없게 된다.

우리는 한 해를 보내고 새해를 맞이하면서 하고 싶은 일을 계획하고, 새해 첫날 떠오르는 해를 보면서 그 일을 할 수 있기를 염원한다. 수능을 끝낸 수험생들은 하고 싶은 일이 너무나 많다고 목소리를 높인다. 취업만 되면 이것저것 다하고 살겠다는 취준생들의 애처로운 하소연도 많다. 이런 것들이 두 노인이 죽기 전에 하고 싶다고 작성한 버킷리스트와 뭐가 다를 바 있겠는가. 단지 두 노인과는 버킷 리스트를 작성한 시기가 다를 뿐이다.

후회는 한 일에 대해서 다시는 똑같은 일을 하지 않겠다는 것과 하지 않은 일에 대해 후회하지 않도록 한번 해 보겠다는 힘이 들어 있는 것이다. 생각하고, 결심하고, 행동하는 삶의 과정 하나하나에 자신의 이러한 힘이 들어갈 수 있는 여백이 후회하는 삶 속에는 있

이순耳順에 삶을 말하다

다는 것이다.

그래서 이왕 하는 후회라면 젊을 때 많이 하는 것이 좋다. 그래야 자신의 삶을 완성시킬 수 있는 기회가 많아진다. 영화 속 두 노인처럼 인생의 황혼기에 하고 싶은 일이 많은 것보다, 젊을 때 하고 싶은 일이 많아서 후회를 하는 것이 훨씬 바람직스럽다.

후회, 젊을 때 많이 해라!

후회하는 삶은 삶의 중심에 자신을 갖다 놓는 것이고 후회 속에서 하고자 하는 것을 찾는 것은 삶의 의지를 키워주는 것이고, 그것을 행하는 것은 삶을 완성시켜 가는 것이라고 말해주는 것이 인생의 후배들에게 남기고 싶은 나의 버킷리스트이다.

20

자신이 한 일을
설명할 수 있어야 한다

인생은 정말 질곡의 역사인 것은 틀림이 없는 것 같다.

힘 있는 정치인, 정부 고위직, 대기업의 오너 등도 어느 한순간에

감내할 수 없는 질곡으로 떨어지는 모습을 우리는 본다.

국가 최고 통치자들도 예외는 아니다.

- 2008년 7월 일기에서

위에 있는 사람들뿐만이 아니다. 우리의 이웃, 직장의 동료 등 평범하게 살아가는 우리의 주변에서도 어느 날 갑자기 질곡으로 떨어지는 사람들을 자주 접하게 된다. 이럴 때마다 나는 '왜'라는 의문을 항상 던져본다. 질곡으로 떨어지는 과정에서 그들이 하는 모습을 보면 참 이상스럽다. 왜 자신이 한 일에 대해 설명이 잘 안 되는지 모르겠다. 자신이 한 일에 대해 왜 그렇게 했는지는 설명이

되어야 하지 않겠는가!

　이런 상황은 직장에서도 마찬가지다. A 직원이 자신의 업무를 문서로 작성하여 보고서로 올린다. 그런데 보고서 안에 작성된 내용을 물어보면 설명이 잘 안 되는 경우가 허다(許多)하다. 자신이 직접 고민하면서 작성한 내용이 왜 설명이 안 되는지 모르겠다. 이런 상황이 단순하게 넘어가면 그래도 괜찮다. 만약 보고서에 작성된 내용이 사정기관으로부터 감사를 받는다고 하면 설명할 수 없는 부분에 대해서는 억울하게 2차적인 피해를 입을 수 있는 상황을 맞게 될 수도 있다. 질곡으로 떨어지는 사람들 대부분이 아마 자신이 한 일에 대해 정확히 설명이 안 되기 때문이 아닌가 싶다.

　자신이 한 일에 대해 설명이 잘 안 되는 이유로는 첫째, 자신이 하는 일에 애착이 없고 최선을 다하는 마음이 부족해서일 것이다. 애착이 없고 최선을 다하는 마음이 부족하면 일 자체가 귀찮아지고 빨리 일에서 벗어나고 싶은 마음이 앞서게 되니 한 일에 대해 허점이 나올 가능성이 많아진다. 발생한 허점에 대해서는 생각조차 해본 적이 없기 때문에 당연히 설명을 할 수 없게 된다.

　둘째, 자신의 생각이 아닌 남의 생각을 따라 일을 한 경우이다. 조직 내에서 일하다 보면 자신의 생각과는 달리 여러 사람의 의견을 종합하여 일을 해 나가는 경우와 상사의 의도에 맞춰 일을 해야 하는 상황 등이 생기는데 그때가 이런 경우일 수 있다.

셋째, 특정한 이익을 얻기 위해 의도적으로 일을 추진한 경우이다. 이럴 경우는 비정상적인 절차와 방법들이 동원될 수밖에 없다.

자신이 한 일이 위 세 가지에 해당된다면 자신이 직접 한 일에 대해 '나는 이 일을 이런 생각으로 했다'고 설명하기가 어려울 것이고, 설명을 해도 타당성을 인정받기는 쉽지 않다. 그런데 문제는 우리가 살아가면서 하는 일의 대부분이 위 세 가지에 속해 있고, 실제 우리는 자신이 한 일에 대해 설명이 되지 않는 일을 아무 생각 없이 반복적으로 하고 있다는 것이다. 그러다가 문제가 터지고 설명이 잘되지 않으면 실수였다고 말한다.

한 번 실수는 병가지상사가 아니다

문제가 터진 일에 대해 설명이 되지 않으면 우리는 실수였다고 한다. 우리는 살아가면서 이런 실수를 수없이 저지른다. 일상에서 일어나는 단순한 실수에서부터 다시 일어서기가 힘들 정도의 실수까지 다양하다. 그래서인지는 모르겠으나 우리의 속담에는 실수로 인해 어려움에 부딪힌 삶을 헤쳐나가게 하는 용기와 지혜를 주는 것들이 많다.

"한 번 실수는 병가지상사"라는 속담은 '실수는 언제나 일어날 수 있다. 이번 일을 계기로 다음에는 실수하지 않으면 된다'는 뜻으로 우리는 쉽게 인용하고 있다. 하지만 치열한 경쟁사회이고, 준

법사회인 현대사회에서는 한 번의 실수라도 더 이상 병가지상사가 될 수 없는 경우가 있다. 이제는 한 번의 실수가 따라가기 힘들 정도로 경쟁에서 뒤처지게 하고, 특히 준법과 관련된 경우는 자신의 삶을 영원히 헤어나올 수 없는 질곡의 나락으로 빠지게 할 수도 있다.

이제는 실수를 줄여야 하는 시대다. "한 번 실수는 병가지상사"의 시대가 아니고, 가능한 한 실수를 하지 말아야 하는 시대이다. 자신이 저지른 실수에 대해 "한 번 실수는 병가지상사"라는 말로 위안을 받고 있을 수 없는 시대인 것이다. 평소 자신이 하는 모든 일에 실수가 일어나지 않도록 해야 하고, 일어나더라도 그 실수로 인해 경쟁에서 뒤처지거나 질곡으로 빠지게 하면 안 된다.

비록 조직 내에서 여러 사람의 의견을 모아 일을 하는 경우나 직장 상사의 의도를 맞춰 일을 하는 경우라 하더라도 그 상황을 자신의 것으로 만들어 일을 해야 한다. 그러기 위해서는 일상의 사소한 일이라도 자신이 한 일에 대해서는 설명할 수 있도록 해야 하고, 그런 정신으로 살아가야 함을 강조하고 싶다.

제3장

명품의
리더가 되는
삶의 화두話頭

권한은
언제든지 연습 없이 사용할 수 있지만,
책임은
평소에 준비되어 있지 않으면
쓸 수 없다는 것이다.

21 /

리더십,
본받지 말고 스스로 만들어라

조직의 참모도 많이 했고, 작은 규모의 리더도 여러 번 했다.

지금 생각해 보면 리더를 할 때마다 리더로서의 목표와 철학이

부족했던 것 같다.

그냥 위에서 내려오는 지시사항만 열심히 따르려고 한 생각에

허둥댄 것 같다.

리더로서의 영혼이 없이…

– 2008년 6월 일기에서

조직에는 반드시 그 조직을 이끌고 가는 장長이 있다. 조직 내에 서도 최고 위치의 장長이 있고 그 밑에 본부, 실, 부, 과 등 중간 조 직의 장長들이 있다. 우리는 통상 이러한 크고 작은 조직의 장長들 을 리더라고 부른다.

또 반드시 조직에서 장長의 직책을 가진 사람이 아니더라도 대중 매체를 통해 타인들에게 직·간접적으로 영향을 주는 오피니언 리더들도 있고, 사람들과의 관계 속에서 영향을 주는 사회 유지有志 형의 리더들도 있다. 오피니언 리더들이나 사회 유지형의 리더들은 그들로부터 영향을 받는 사람들이 적을 수도 있고, 많을 수도 있지만 우리 사회에 영향을 미치고 있는 중요한 리더들인 것만은 틀림이 없다.

이렇다고 한다면 우리 모두는 세상을 살아가면서 한 번쯤은 리더의 위치에 있게 되는 기회가 반드시 올 것이고 그때를 대비해서 평소 리더십에 대해 생각해 둘 필요가 있다고 본다.

인간은 의외로 생각하지 않는 동물이다

아리스토텔레스는 "인간은 생각하는 동물"이라고 했고, 파스칼은 "인간은 생각하는 갈대"라고 말한 것은 인간이 동물에 비해 생각할 수 있다는 점을 강조하려고 한 말일 것이다.

또한, 순수 우리말인 '생각'에 대한 국어사전의 뜻은 ① 마음에 느끼는 의견 ② 바라는 마음 ③ 관념 ④ 연구하는 마음 ⑤ 깨달음 등으로 되어 있다. [11]

위대한 두 철인의 말과 국어사전에서 풀어 놓은 뜻을 보면 우리

---

11) 엣센스 국어사전 제5판, 민중서림, 2001.5

이순耳順에 삶을 말하다

가 일상에서 수시로 생각한다는 것과는 분명 차이가 있다고 본다. 일상에서 우리는 많은 생각을 한다. 눈만 뜨면 아침 먹을 생각, 출근할 생각, 직장에서 회의하고 고객들 만나는 생각, 업무 보고 해야 할 생각, 야근할 생각, 퇴근길에 직장 동료들과 회식할 생각 등 그야말로 수많은 생각의 연속이다. 그런데 이런 생각들이 두 철인이나 국어사전의 생각과 비교해 보면 동물들과 비슷한 수준의 생각이 아닌가 싶다.

동물들도 살아가기 위해 활동하는 시간 동안은 먹이를 찾을 생각, 사냥하는 방법에 대한 생각, 위험을 피할 생각 등을 하는데, 복잡성의 차이는 있지만 인간과 같이 생각한다는 것이다. 그렇다면 인간의 반복적 행태에서 나오는 생각과 동물들의 생존적 행태에서 나오는 생각은 같은 수준이라고 할 수 있다.

이렇다고 보면 우리들이 일상에서 하는 대부분의 생각은 아리스토텔레스나 파스칼이 말하고, 국어사전에서 해석하고 있는 생각의 의미와는 분명 다른 것이다. 우리는 하루에도 많은 생각을 한다고 하지만 실상은 생각다운 생각을 하는 것이 아니고 수없이 반복되는 생활 속의 패턴을 머리에 떠올리는 수준이고 이것은 동물들의 생존적 행태에서 나오는 생각과 차이가 없다는 것이다.

두 철인과 사전에서 이야기하는 '생각'은 반복적인 생활의 패턴이나 생존적 행태에서 나오는 생각이 아니고 사유思惟 차원의 생각이다.

사유의 사전적 의미는 "경험하여 아는 사실을 비교하여 관계를 정하고, 여기에 기초하여 아직 경험하지 않은 지경에 이르는 정신작용"으로 되어 있다.[12]

'경험하지 않은 지경에 이르는 정신작용'이 되기 위해서는 최소한 우리의 생각에 '왜, 무엇을, 어떻게'라는 세 가지의 질문이 포함되어 있어야 도달 가능하고, 진정한 의미에서 생각한다고 할 수 있을 것이다.

우리의 일상에서 반복적으로 일어나는 일에 대한 생각이 아니고 그 일상의 생각 속에서 또 다른 생각을 찾아내는 것이 아리스토텔레스와 파스칼이 말한 생각일 것이다. 우리는 평소에는 생각다운 생각을 하지 않고 있다가 어떤 상황이 일어났을 때 비로소 생각하는 경우가 많다. 예를 든다면 아침 출근길에 차가 시동이 걸리지 않을 때는 왜 시동이 안 걸리지, 배터리가 방전됐나 등 시동이 걸리지 않는 문제를 생각하게 되고, '어떻게 해야 되지?, 차를 두고 대중교통으로 가야 하나, 보험사에 연락해서 배터리를 교체한 후 출근해야 되나?' 등 문제 해결에 대한 생각을 하게 되는 경우들이다.

사실 우리는 생각만큼 생각다운 생각은 하지 않고 있다는 것이다.

---

12) 엣센스 국어사전 제5판, 민중서림, 2001.5

이순耳順에 삶을 말하다

평소에 리더십에 대해 생각하라

"리더십에 대해 생각해 본 적 있나?"라고 물으면 생각을 했던 적이 있다고 답하는 사람은 많지 않을 것이다. 오히려 지금 리더도아닌데 왜 그런 고민을 해야 되는 거지? 그것 말고도 머리 아픈 일들이 많은데 쓸데없이 미리 고민할 필요가 없다고 말할 것이다.

그런데 지금 리더로 있거나 곧 리더 위치에 갈 사람도 사실은 리더십에 대해서 별로 생각을 하지 않는 것 같다. 설혹 있다고 하더라도 리더가 되면 당연히 리더로서의 역할을 잘할 수 있겠지, 나만잘하면 되는 거지 뭐 별것 있나 라는 수준의 간단한 생각 정도이다. 리더십이란 용어 자체가 이해하기 어렵고 구름 잡는 것 같다는생각을 갖는 사람들이 많은 것 또한 사실이다. 인간은 의외로 생각을 하지 않고 복잡한 고민을 싫어하는 동물인 것을 감안하더라도리더십에 대한 우리의 생각은 심각할 정도로 적고 단순하다.

차 시동이 걸리지 않는 상황처럼, 예기치 않게 일어난 상황이 개인에 국한되는 것이라면 평소 생각을 하지 않고 있다가 상황이 벌어진 후 생각을 해도 큰 문제가 되지는 않겠지만, 리더인 경우는자신에게 벌어진 상황이 개인에게 국한되는 것이 아니고 자신에게딸려있는 많은 사람에게 영향을 줄 수 있는 것이어서 깊이 생각하지 않으면 안 된다. 일어날 수 있는 상황들을 미리 예측하여 조치하고, 일어날 경우를 대비하여 준비하고, 사람들의 마음을 한곳으로 모이게 하는 방법이 무엇인지 등의 생각을 평소 하는 것과 하지않는 것과의 차이는 크다. 그래서 현재 리더 위치에 있는 사람은 물론 언젠가 한번은 리더가 될 우리는 리더십에 대해 반복적인 수준의 단순한 생각이 아니라 사유 수준의 생각을 한 번쯤 반드시 해야 할 필요가 있는 것이다.

리더십의 본질은 나 자신

일반적으로 리더십이라고 하면 카리스마, 솔선수범, 책임감, 부하 사랑, 배려 등 많은 유형의 단어들을 떠올릴 것이고, 리더십 형태는 너무 많아 어떤 것이 맞는지 헷갈릴 정도다.

리더십이 부각될 당시에는 충무공 리더십, 세종의 리더십 등이 대표적인 형태였지만 요즘에는 몇 가지만 예를 들어 보더라도 시대별로 각종 리더십이 있다. 업무스타일에 따라 비전제시형 리더십, 지시형 리더십 등이 있고, 감성적인 부분을 강조한 진정 리더십, 공감 리더십 등 그 형태가 부지기수다. 아마 이러한 현상은 기업들의 위기 상황이 그 어느 때보다도 빈번히 다양한 모습으로 발생하자 이를 잘 극복한 CEO들의 성공사례들을 많은 연구자들이 연구와 이론을 통해 그 결과물들을 쏟아냈기 때문일 것이다.

이러한 결과들은 당사자들에게는 의미가 있을 수 있지만, 그런 리더십을 나 자신의 리더십으로 받아들이기에는 문제가 많다. 만약 그대로 받아들여 자신의 리더십으로 만든다면 그것은 마치 병아리 우장雨裝 씌운 것처럼 어색해 보일 것이다.

리더십은 이끌다, 데리고 가다 등의 리더(Lead)와 지위, 상태, 성질 등의 십(Ship)으로 된 복합어이다. 즉 어떤 대상을 데리고 가는 기술과, 그 속에 녹아 있는 자신의 성질·능력의 총합이라고 할 수 있다. 여기에서 중요한 것은 앞부분인 데리고 가야 하는 대상 보다 뒷부분인 이끌어야 할 자신의 모습이다. **즉 리더십의 본질은 바로 자기 자신인 것이다.**

자기 자신 속에서 만들어져 나오는 리더십이 자기 몸에 맞는 리더십이고 성공적인 리더십을 발휘할 수 있는 것이다. 타인인 리더가 행한 리더십은 아무리 좋은 결과를 만들어 냈다고 하더라도 그대로 따라 하면 앞의 리더만큼 좋은 결과를 만들어 낼 수 있다고 장담할 수 없다. 왜냐하면, 자신과 타인의 본질이 근본적으로 다른데 어떻게 타인의 리더십이 자신에게 맞겠는가?

리더십의 본질이 가장 잘 나타나 있는 곳이 중국고전 사서 중 하나인 『대학大學』편에 나오는 "修身 齊家 治國 平天下"라고 생각한다. 이 글의 핵심은 리더 자신의 마음을 관리하는 修身이다. 그래서 이 글귀에도 修身이 제일 앞에 나와 있는 것이다.

'나'만의 리더십을 만들어라

리더십에서 중요한 요소는 이끌고 갈 대상이 아니고 자기 자신이라고 했다. 이것은 곧 자신에게 맞는 리더십은 이 세상에 하나밖에 없다는 것이다. 지나간 시대의 훌륭한 리더들을 연구한 결과들을 보면 공통적인 부분이 그들 자신에게 맞는 리더십을 발휘했다는 것이다. 그들 중 누구도 앞세대나 동시대 리더들의 모습을 본받아서 그대로 행한 리더들은 한 사람도 없었다.

역설적으로 수많은 리더가 존재했지만 성공하지 못하고 사라져 간 리더들은 그만의 리더십을 갖지 못했기 때문일 것이다. 이것이 리더십을 생각할 때 먼저 자신을 생각해야 하는 이유이고, 리더십은 본받지 말고 자기 것을 스스로 만들어 내야 하는 이유를 반증하고 있다.

나의 경험상, 자신에게 맞는 리더십을 만들기 위해서는 세 가지의 화두를 자신에게 던져야 한다고 생각한다.

첫째는 리더십을 머리로 생각하지 말고 마음에게 물어라.

리더십에 있어서 무엇보다 중요한 것은 리더 자신의 마음과 조직원들의 마음이 일치되게 해야 하는 것이다. 리더가 자신의 생각만으로 조직원들에게 접근하면 조직원들은 절대 동화되지 않는다. 생각으로 만든 리더십은 조직원들에게 여러 가지로 느껴질 가능성이 많다. 왜냐하면, 생각의 리더십은 리더에게 닥치는 상황에 따라 변할 가능성이 많고 리더 자신은 그렇지 않더라도 조직원들은 금방 리더의 모습을 읽을 수 있기 때문이다. 반면에 마음으로 만든 리더십은 조직원들에게 안정감과 믿음을 느끼게 한다. 간혹, 위기의 상황에서 리더가 다소 흔들리더라도 조직원들은 흔들림 없이 리더를 이해하고 따르게 된다.

이순耳順에 삶을 말하다

둘째는 리더 자체에 도취되지 말고 마음을 다스려라.

리더가 되면 어느 기간 동안은 천하를 다 얻은 기분이 된다. 오래가지는 않지만 마치 공중에 붕 떠 있는 기분이다. 이런 기분으로 조직을 이끌고 가겠다고 하면 그 조직은 망하기 일보 직전까지 간다. 물론 그런 리더들은 많지 않다고 본다. 어쨌든 리더가 되면 자신의 마음을 다스리는 것이 제일 중요하다. 마음을 다스리지 못하면 졸卒의 십Ship 보다 못한 상황에 처해진다. 졸卒도 조직을 걱정하는 십Ship을 갖고 있음을 잊지 말아야 한다.

셋째는 올라갈수록, 많이 얻을수록 사심私心을 갖지 마라.

리더십의 본질은 자신이고 수신修身이라고 했다. 그 수신修身 속에 가장 중요한 것은 사심이라고 나는 생각한다. 사심이 많으면 자신이 생각하는 리더십대로 절대 마음이 가지 않는다. 리더 자신이 가려고 하는 방향은 이쪽인데 사심이 들어간 마음은 다른 길로 자신을 가게 만든다. 그 모습을 조직원들은 금방 알아차린다. 조직원들이 그것을 느끼는 순간 리더십은 없어진다.

자신에게 맞는 리더십은 자신만이 만들 수 있고, 끌고 갈 대상을 두고 리더십을 고민하면 반드시 실패한다는 것을 다시 한 번 강조하고 싶다.

22

머리로 말하지 말고
마음으로 말하라

우리들은 처음부터 알렉산더 대왕처럼 최상의 지위에서 사회생활을 시작할 수 없다. 낮은 곳에서부터 시작해서 노력을 하고 경험을 하면서 승진해 올라간다.

그런 삶의 과정 속에서 자신의 가치관을 확립해 나간다.

그런데 각박한 현대의 사회라고는 하지만 알렉산더 대왕처럼 사회생활을 시작할 때부터 같이 일하고 살아가는 사람들을 이해하고, 편 가르지 않고, 통합의 리더십(마음)을 갖고 살아가면 안 되는 것일까?

그렇게 살면 색깔이 없다고 할까, 아니면 자기편이 아니라고 할까?

결국은 최고의 위치에 갈 때까지는 통합의 리더십(마음)을 갖지도 말고, 내보이지도 말고, 시류에 맞게 눈치를 보면서 이렇게 저렇게 행동해야 하는 것이 맞는 것일까? 그래, 올라가기 위해서 그럴 필요가 있다고 하자.

그러고 최고의 위치에 갔을 때 통합의 리더십을 보여 줄 수는 있을까?

이미 그렇게 굳어버린 자신의 생각과 마음을 가지고 그동안 감춰놓은 통합의 리더십을 발휘할 수 있기는 한 걸까?

무엇보다 자신을 쭉 보아온 주위의 사람들이 그렇게 보아주지도 않고 믿어주지도 않는데 통합의 리더십을 보여준다고 해도 주위 사람들이 진정한 마음으로 따라 줄 수 있을까?

- 2008년 5월 일기에서

왜 마음으로 말해야 하는 걸까?

2016년, 다니던 회사에서 1박2일 간 워크숍이 있었다. 워크숍의 목적은 현재 처한 사업의 환경을 난상토론爛商討論하여 어떻게 하면 어려움을 극복해 나갈 수 있는지에 대한 임직원들의 아이디어를 교환하는데 있었고, 무엇보다도 모든 임직원의 마음을 하나로 모아 시너지 효과를 창출하자는 데 있었다.

좋은 분위기 속에서 생산적인 워크숍이 진행되었고, 그리고 마지막 날 저녁 만찬이 이어졌다. 저녁 만찬에서 임원 한 분의 건배사가 있었는데, 요지는 대략 이랬다. "어려운 여건 속에서 고생하는 여러분들에게 고마움을 전한다. 고생하는 것만큼 해주지 못해 늘 미안한 마음뿐이다."라는 말을 하면서 눈가에 눈물을 잠시 비쳤다.

당시 나는 그 회사에 들어간 지 얼마 안 된 상태였지만 평소 그분의 인품을 조금 알기에 건배사에 담아낸 그의 마음이 진심이었다고 생각했는데 참석한 직원들의 반응이 엇갈리는 상황에 적잖이 놀란 기억이 있다. 주위에 앉아있던 직원들 몇몇이 소곤대는 이야기는, 또 마음에 없는 말을 한다는 것이었다.

나는 이 상황을 접하면서 리더가 되기는 쉬워도 그 역할을 온전히 해내기는 정말 어렵다는 것을 느꼈고, 리더의 모습은 리더가 되면서부터 보이는 모습이 아니라 리더가 될 때까지 살아온 그동안의 총체적인 모습이 고스란히 그대로 옮겨지는 것임을 다시 한 번 깨달았다.

리더가 모든 사람의 마음을 다 얻기는 어렵다. 불가능에 가까울 수 있다. 그러나 각자의 마음들이 표출되고, 표출된 마음들이 뭉쳐져서 만들어 내는 공간의 분위기 속에서 리더의 마음이 전해질 수 있느냐, 없느냐는 그 차이가 크다. 조직 내의 공간 분위기에 리더의 진실된 마음이 전해질 수 있으면 마음을 다 얻지 못해도 큰 문제는 없을 것이다. 반면에 리더의 마음이 전해질 수 없는 공간의 분위기라면 문제는 틀림없이 있다고 생각해야 한다. 그 문제는 조직이 잘 운영되는 상황에서는 나타나지 않고 잠재해 있다가 두 가지의 상황에 부딪히게 되면 나타난다고 볼 수 있다.

이순丕順에 삶을 말하다

첫째는 조직이 어려움에 봉착했을 때다. 개인의 삶도 살다 보면 좋을 때가 있고 나쁠 때도 분명히 있다. 조직도 마찬가지다. 특히, 기업의 경우 좋지 않는 상황은 경영에 바로 영향을 미치고, 이것이 장기화되면 존폐의 기로에까지 내몰리게 된다. 이럴 때 직원들의 마음을 얻고 있는 리더는 어려움을 극복할 수 있는 힘이 생기고 그렇지 않은 리더는 어려움을 극복하기가 쉽지 않고, 극복하더라도 시간이 오래 걸리는 상황이 발생한다.

둘째는 리더 자신이 어려움에 처하는 경우이다. 리더에게는 항상 책임을 져야하는 위험이 도사리고 있다. 법적인 책임일 수도 있고, 경영상 책임일 수도 있고, 도의적인 책임일 수도 있다. 이럴 경우 마음을 얻지 못한 리더는 어느 누구도 자신을 보호해 줄 사람이 나타나지 않는다. 우호적이기는커녕 잘못한 것을 더 까발린다. 그래서 리더는 조직원들의 마음을 얻는 것이 조직을 위해서 또 리더 자신을 위해서 중요하다.

나 자신도 40여 년간 공직과 사기업에서 크지 않은 규모의 리더를 여러 번 하면서 그때마다 마음을 얻는 리더가 되려고 노력을 했지만 돌이켜 보면 마음을 다 얻지 못한 것 같고, 또 한편으로는 리더로서 나는 두 개의 얼굴을 보여주지 않았나 하는 아쉬움을 늘 갖고 있다.

사람은 누구나 두 개의 얼굴을 가지고 있다고 생각한다.

첫 번째의 얼굴은 머릿속에서 만들어지는 얼굴이다. 이 얼굴은 개인의 이익과 욕심을 좇는 얼굴이다. 리더가 목표를 달성하기 위해 앞만 보고 달려갈 때 보이는 얼굴이고, 같이 가려고 하지 않고 혼자서 빨리 가려고 하는 얼굴이다. 수시로 달리 보이는 가식假飾의 얼굴로 보일 수 있고, 조직원들이 리더의 의도를 몰라 갈팡질팡해 하고 마음의 상처를 받을 수 있는 상황도 초래될 수 있다. 이런 얼굴은 아무리 진정성을 갖고 마음을 얻으려고 해도 한계가 있을 수밖에 없다.

두 번째는 마음속에서 만들어지는 얼굴이다. 이 얼굴은 자신의 내면 깊숙이 있는 자신의 본질을 좇는 얼굴이다. 리더 자신이 리더로서의 목표를 달성해야 한다는 의지는 갖고 있지만 절대 혼자 먼저 가려고 하지 않고 조직원들과 함께 가려고 할 때 보이는 얼굴이다. 개인의 이익이 아니라 공동의 이익과 발전을 고민하는 마음속에서부터 나오는 얼굴이기 때문에 수시로 변하지 않고 한결같은 얼굴이다. 그러니 굳이 많은 말을 하지 않더라도 조직원들이 리더의 모습에서 그의 의도를 읽을 수 있고 믿음을 가질 수 있다. 이것이 리더가 머리로 말하지 말고 마음으로 말해야 하는 이유이다.

알면서도 왜 마음을 얻지 못하는 것일까?

리더들은 알면서도 왜 사람들의 마음을 얻지 못하는 것일까? 리더 자신이 하라는 대로 당연히 따라올 것이라고 생각하는 것은 아닐까? 진정성이 있든 없든 상관없이 인센티브와 혜택 등을 많이 주고, 잘해주면 리더에게 마음을 다 줄 거라고 생각하는 걸까? 아마 그렇게 생각하는 리더들이 많이 있을 것이다. 그런데 나의 경험으로는 천만의 말씀이라고 하고 싶고, 마음을 얻기가 어려운 이유를 굳이 찾자면 정신분석학자인 프로이트의 주장을 들고 싶다.

마음의 국어사전적 의미는 ① 사람의 지智, 정情, 의意의 움직임 또는 그 움직임의 근원이 되는 정신적 상태의 총체 ② 시비선악을 판단하고 행동을 결정하는 정신활동으로 되어 있다.[13]

이 정신적 상태 즉 정신활동에 대해 프로이트는 인간의 정신세계에는 의식과 무의식의 세계가 있다고 했다. '의식의 세계는 사람이 보고, 듣고, 경험하고, 생각하면서 일어나고 있는 마음의 상태가 담겨있는 세계이고, 무의식의 세계는 현재의 의식 세계 속에 존재하지 않고 잠재되어 있는 마음의 세계'라고 한다. 무의식의 세계에 있는 자신의 마음은 평소 본인도 알지 못하는 상태라는 것이다. 이렇게 사람의 마음은 의식하는 마음과 의식하지 못하는 마음이 있고, 그 비율이 10:90 정도가 된다고 하니 나 자신도 나의 마음을 안다는 것이 10% 수준이 아닐까 싶다.

따지고 보면 10% 수준에 해당하는 의식의 세계에 있는 마음도 자신이 알고 있는 마음이라고 할 수도 없을 것이다. 프로이트의 정의가 옳다면, 의식 속에 있는 마음은 살아오면서 주어진 조건과

---

13) 엣센스 국어사전 제5판, 민중서림, 2001.5

환경 속에서 보고, 듣고, 경험한 삶 속에서 자기중심적으로 형성된 마음일 것이다. 만약 직접 볼 수도 없고 조건과 환경이 다른 곳에서 일어나는 것이라면 그것이 진실이라 하더라도 자신의 마음은 진실이 아니고 가식이라고 받아들일 수 있을 것이다.

인간의 마음 상태가 이럴진대 리더가 사람의 마음을 얻기가 어찌 쉬울 수 있겠는가! 리더의 생각대로 의도대로 사람들의 마음을 쉽게 얻을 수 있었다면 우리의 역사는 많이 달라졌을 것이고, 현재의 세상이 아닌 다른 모습의 세상이 되어 있을 것이다.

역사적인 리더들의 리더십

역사적으로 대업을 이룬 인물을 꼽으라면 아마 알렉산더 대왕 (BC 356~323)과 칭기즈 칸(BC 1162~1227)일 것이다.

알렉산더 대왕의 그리스어 본명은 '알렉산드로스 감마 호 메가스'이다. 우리에게는 영어식 발음으로 알렉산더 대왕으로 잘 알려져 있다. 그는 그리스 북부에 있었던 마케도니아 왕국의 26대 왕이었다. 약관 20세의 나이로 부친인 필리포스 2세의 뒤를 이어 왕이 되었고, 그 후 12년이 지난 32세의 나이까지 당시의 그리스를 중심으로 남쪽으로 이집트, 동쪽으로 인도 북서부까지 광범위한 영토를 확장하여 대제국을 건설하였다.[14)]

또 다른 한 명인 칭기즈 칸은 본명이 '보르지긴 태무진'이다. 그는 65년의 생애 중 46여 년을 전쟁터에서 보냈고, 10여만 명의 몽

고군으로 유라시아 대륙의 대부분을 정복한 몽골제국의 초대 칸으로 알렉산더 대왕과 더불어 군사적, 정치적으로 역사상 가장 영향력이 있었던 인물로 평가받고 있다.[15]

　이들은 어떻게 당시에 그렇게 큰 영토를 정벌했고 대제국을 건설하여 통치했을까? 지금 생각해 봐도 대단하다는 생각밖에 들지 않는다. 당시의 상황은 오늘날처럼 지휘수단이나 통신수단이 발달해 있지도 않았다. 정복해 가는 과정에 부하들의 반대가 끊임없이 있었을 것이고, 멀리 떨어져 있는 정복지에서 그곳을 다스리는 지도자가 무슨 일을 꾸미고 있는지도 몰랐을 것이며, 점령지 민족들이 반란을 준비하고 있는지조차도 파악하기 힘들었을 것이다. 그럼에도 불구하고 그들이 살아있는 동안은 그 큰 정복지에서 큰 내부소요騷擾 없이 잘 통치되었다. 과연 무엇이 그런 위대한 일을 가능케 했을까?

　역사는 이렇게 전하고 있다. 알렉산더 대왕은 당시 아시아의 패권국이던 페르시아와의 전쟁에서 승기를 잡았던 중요한 전투의 하나인 이소스 전투(BC 333)에서 1/4밖에 되지 않는 병력으로 대승하였고, 페르시아 왕 다리우스 3세의 어머니와 왕비 및 공주를 사로잡게 된다. 전투가 끝난 후 알렉산더 대왕은 그의 절친한 친구

---

14) 출처 : 위키백과
15) 출처 : 위키백과

이자 휘하 장군인 헤파이스티온과 같이 친히 이들 포로들을 방문하였는데, 다리우스 3세의 어머니는 헤파이스티온 장군을 알렉산더 대왕으로 잘못 알고 장군 앞에 무릎을 꿇게 된다. 당황해 하는 장군과 어머니를 보고 알렉산더 대왕은 "마음에 두지 마시오, 이 사람도 알렉산더니까"[16] 라는 말로서 변함없는 믿음을 예하 장군과 적국 왕의 어머니에게 보여주었다. 적국의 사람들에게도 마음을 얻겠다는 평소의 신념을 마음으로 말하고 행동으로 보여 줬기 때문에 부하들과 피지배 민족으로부터 마음을 얻어 대륙을 정복하고, 눈에 보이지도 않고 통치력을 미칠 수도 없는 광활한 지역을 통치할 수 있었다고 평가하고 싶다. 역사 속에 남겨진 짧은 내용이지만 알렉산더 대왕이 그들의 마음을 얻을 수 있었던 진면목을 충분히 볼 수 있는 대목이 아닌가 싶다.

'잔인한 정복자, 동·서 문명의 교류자' 등 다양한 평가들이 있지만, 마음을 얻은 통치자로서의 칭기즈 칸도 알렉산더 대왕과 다르지 않다고 본다. 그는 9살 되던 해 키야트 보르지긴 씨족의 씨족장인 그의 아버지 예수게이가 타부족장들에게 독살을 당한 후 쫓기는 신세로 전락하게 된다. 목숨을 잃을 뻔한 위기를 수없이 극복하면서 나이 44세가 되는 1206년 몽골 초원을 통일하였고, 그 후 1227년 서하 원정 중 사망하기까지 유라시아의 대부분 지역을 통

---

16) 출처 : 위키백과

　　　　　　　　　　이순^{耳順}에 삶을 말하다

치하는 대업을 이루게 된다.[17]

칭기즈 칸이 대업을 이룬 결정적인 역할을 한 사람들이 사준사구(四駿四狗)들이라고 생각한다. 이들은 칭기즈 칸을 도와 몽골제국을 건설한 8인의 건국공신을 말한다.[18] 사준사구들이 목숨을 걸고 끝까지 변심하지 않고 칭기즈 칸 옆에서 싸워준 것과, 이들과 함께 문자도 변변치 못한 몽골 유목민들이 전쟁을 자신과 가족의 일보다 더 우선하여 생각하게 하고 모든 어려움을 감내하면서 참가하게 만든 것은 그의 빌리크(격언)에 잘 나타나 있는 것처럼 마음으로 말하고 행동으로 똑같이 보여줬기 때문이라고 생각한다.

제12조 진실한 말들은 사람을 움직인다. 노닥거리는 말들은 힘이 없다.

제13조 자신을 알아야 남을 알 수 있다.

제17조 …군대를 통솔하려면 병사들과 똑같이 갈증을 느끼고, 똑같이 허기를 느끼며, 똑같이 피곤해야 한다.

머리로 말하지 말고 마음으로 말하라

"머리로 말하지 말고 마음으로 말해라!"라는 말에는 누구나 공감할 것이라고 나는 단언한다. 왜냐하면, 우리는 살아가면서 한 번쯤은 머리로만 말하는 상사로부터 마음의 상처를 받은 적이 있고

---

17) 출처 : 위키백과
18) 출처 : 위키백과

그로 인해 자존감이 한없이 무너져 내린 경험을 갖고 있을 것이다. 반면에 마음으로 말하는 상사로부터는 위로와 다시 일어설 수 있는 용기를 받은 경험이 있을 것이고, 특히 마음 한곳에서 뜨겁게 솟아오르는 뭉클함을 느끼는 그 무언가를 받았을 때는 "士爲知己者死사위지기자사, 사람은 자신을 알아주는 사람을 위해 목숨을 바친다"는 중국 진나라 시대 예양豫讓의 고사에 나오는 말처럼 '나를 알아주고 있구나'라는 울림이 자신의 몸을 전율케 하는 것을 느꼈을 것이다. 이런 경우는 그 사람을 위해 최선을 다해야겠다는 결의가 자신도 모르게 마음 깊숙한 곳에서 뜨겁게 솟아오른다. 이것이 머리로서가 아니라 마음으로 말을 할 때만이 느낄 수 있는 것이다.

한국인이 가장 존경하는 인물을 조사한 결과들을 보면 변함없이 세종대왕과 이순신 제독이 최상위에 올라와 있다. 두 분 간의 시대적 격차는 150여 년이 되고, 우리 현대인들과는 470~620여 년의 차이가 있다. 어째서 한국인들은 이 두 분과 장기간의 시대적 거리가 있음에도 불구하고 변함없이 존경하는 마음을 가지고 있는 것일까? 단지 업적 때문일까 아니면 심정을 울리는 달변가여서일까?

나는 두 분의 공통점을 찾는다면 우국憂國과 위민爲民의 마음을 갖고 그것을 몸소 행한 것이라 생각한다. 서신전달 체계나 통신수단 등 당시의 의사 전달 상황으로 보면 자신들의 생각을 말로써 했으면 얼마나 했겠나 싶고, 말의 의미가 전달되었으면 얼마나 잘 전달되었을까 싶다. 아마 당시의 사람들도 말로써 하는 지시에서보다 그분들의 마음과 행동에서 士爲知己者死사위지기자사 마음을 가졌을 것이고, 그래서 그분들과 같이 이심전심으로 하나가 되어 위대한 일을 해냈을 것이다.

마음과 마음으로 하는 말들은 시대를 뛰어넘는 힘을 가지고 있다. 470~620여 년 그분들이 한 말들은 무수한 세월이 흘러갔음에도 불구하고 오늘날의 현대인들에게 전해지고 있고, 시대를 뛰어넘어 그분들을 변함없이 존경하는 이유도 그분들의 업적 자체가 아니라 우국憂國과 위민爲民의 마음을, 마음으로 말하고 행동으로 보여 줬기 때문이라고 생각한다.

이처럼 역사 속에서도 그렇고, 나의 경험상으로도 마음으로 하는 말은 힘이 있다고 생각한다.

그러나 마음으로 말하기는 쉽지 않다. 자신의 마음을 다 알지 못하기에 더욱 어려운 것이다. 한 번쯤은 자신도 마음으로 말하는 사람이 되어야겠구나 하고 생각하고 실제 그런 노력들도 해 본다. 그런데 마음으로 말해야 하는 위치에 가면 망각하는 경우가 허다하다. 마음을 얻기가 쉽지도 않은데 망각까지 하니 될 리가 없다.

그러나 리더가 되려고 하는 사람은 마음으로 말할 수 있도록 노력해야 한다. 그것이 조직원들의 마음을 얻을 수 있는 최상의 방법임을 알아야 한다. 그것이 리더의 품격이고 힘이다.

23

계급 없이 떠날 수 있는
마음을 가져라

계급은 리더에게 과연 무엇일까?

상관관계는 어떤 것일까?

리더에게 중요한 것이 계급일까, 부하들과 똑같은 마음을 갖는
것일까?

서로가 마음으로 일치하는 공통분모가 있는 것이 중요하고, 부
하들이 리더를 신뢰하고 따라올 수 있게 하는 것이 계급보다 더
중요하다.

계급만을 내세운다면 얻을 수 있는 가치는 모두 헛것이고 껍데
기일 뿐이다.

부하의 마음과 같이 계급을 얻는다면 최상일 것이다.

- 2008년 6월 일기에서

미국 합장의장직을 끝으로 43년의 군 복무를 마치고 전역한 피터 페이스 대장에 관련하여 국방일보[19]에 게재된 기사 내용을 소개한다.

전역식 후 페이스 장군은 워싱턴에 있는 베트남전 참전 기념비를 조용히 방문했다. 그는 근무복에 달고 있었던 4성(★★★★) 계급장에 종이카드를 한 장씩 부착시켜 전사자 명부 앞에 놓았다.

그 전사자들은 장군이 베트남 전쟁에 소대장으로 참전했을 때 전사한 3명의 부하였다고 한다. 종이카드 중 하나에는 "미 해병대 하사 파리나로에게. 이 계급장은 내 것이 아니네. 자네 것이네. 사랑과 존경의 마음으로…소대장 페이스"라고 쓰여 있었다고 한다. 페이스 장군은 어떤 마음으로 40여 년 전의 소대원에게 그의 계급장을 바쳤을까? 이어진 기사 내용이다.

파리나로는 페이스가 소대장일 때 전사한 최초의 해병이었다. 페이스는 군 생활 동안 그를 한시도 잊지 않고 시간 날 때마다 그에 대해 동료들에게 이야기했다. 군인으로서 소임을 다하고 전역하는 날 보여준 이 조촐한 추모의 행동은 페이스 장군이 해병대 장교로서 견

---

19) 전투력의 근원 전우애, 국방일보, 2013.1.5, 정호섭 글

지했던 부하에 대한 사랑과 전우애, 진실한 인간으로서의 면모 그
자체였던 것이다.

우리는 지금 40여 년 전 전사한 소대원에게 4성의 계급장을 바
치고자 했던 페이스 장군의 마음을 전부 읽을 수는 없다. 지금 나
의 평범한 생각으로 판단해 보면, 합참의장이자 4성 장군의 위상
으로 볼 때 전역식이 끝나자마자 분명 여러 가지 바쁜 일정들이 있
었을 것이다. 그럼에도 불구하고 베트남전 참전 기념비를 가장 먼
저 찾았다. 설령 찾았다 하더라도 헌화와 묵념 정도로 그동안 마
음에 묻어 두었던 고마움과 전우애를 전하면 되었을 텐데, 굳이 4
성의 계급장을 바치려고 했던 그의 마음은 4성의 장군이 되기까지
43년의 군 생활 동안 계급에 의해 부여된 권한을 어떻게 하면 폼
나게 사용할 수 있을까 라는 생각보다는 어떻게 하면 책임을 다할
수 있을까를 더 많이 생각한 것 같다.
4성의 계급까지 간 것은 오롯이 자신의 능력과 노력에 의한 것
이 아니라 희생적인 삶을 살아준 동료들 덕분으로 늘 생각했고,
장군 자신은 계급에 해당하는 것만큼 책임을 다하지 못한 마음을
늘 갖고 있었던 것 같다. 그래서 자신의 계급장을 소대장 시절 주
어진 책임을 다하고 전사한 파리나로 소대원과 공유하고 싶었던
것 같다.

나의 경험으로 볼 때 계급만을 좇은 사람은 절대 그의 부하에게

계급장을 되돌려 주겠다는 생각을 할 수 없다. 자신의 계급장이 자신의 것이 아니라 군軍의 것이고, 떠날 때 군과 부하에게 되돌려 주고 떠나자는 생각을 할 수 없다는 것이다. 페이스 장군이 파리 나로에게 바친 4성의 계급장이 이 시대에 필요한 진정한 계급장이 아닌가 싶다.

계급에는 책임이 따른다

우리가 몸담고 있는 이 사회는 조직 사회이다. 조직 사회는 곧 계급의 사회이다. 그래서 우리는 살아가면서 누구나 계급을 얻게 된다.

계급은 단순히 군軍에만 있는 것이 아니다. 사회에서 통념적으로 사용되고 있는 대리, 과장, 부장, 상무, 전무 등이 계급이고 수석연구원, 책임연구원 등이 계급이다. 실장, 국장, 차장, 장관 등도 계급이다. 우리 사회의 모든 조직은 계급으로 구성되어 있고, 계급에 따라 권한과 책임이 부여되어 있다.

조직의 최고 계급에는 당연히 더 많은 명예와 권한, 책임이 부여된다. 얼핏 생각해도 권한에는 인사권, 의사결정권, 조직의 운영 및 관리권 등이 있고 책임에는 조직의 비전제시 및 발전, 목표 달성, 소속조직원들의 복지 등이 있다. 하나하나가 너무나 무시무시하고 중요한 것들이다.

최고의 계급자가 행사하는 하나하나에 따라 조직원들의 삶의 방향이 결정될 수 있고 그에 딸린 가족들의 행운과 불행을 가져올 수 있다. 또 조직의 발전을 꾀할 수 있고 부진 속에 빠지게 만들어 종국에는 사라지게도 할 수 있다. 이런 모든 것들이 계급에 따르는 책임에 포함되어 있다.

그런데 최근 우리 사회 최고 계급의 위치에 있는 몇몇 사람들을 보면 책임에는 관심이 없고 명예와 권한에만 관심이 있는 모습들만 보여 안타깝다. "제사엔 관심 없고 젯밥에만 관심이 있다"는 우리 속담이 너무나 들어맞아 새삼 선조들의 지혜가 놀랍다. 이런 사람들을 보면서 우리가 배워야 할 것은 권한은 언제든지 연습 없이 사용할 수 있지만, 책임은 평소에 준비되어 있지 않으면 쓸 수 없다는 것이다.

책임은 평소에 준비되어 있지 않으면 쓸 수 없다

조직에 소속되어 있는 개개인은 그 조직 속에서 최고의 계급을 얻으려고 노력한다. 그것 자체가 삶의 목표가 아니라 하더라도 그렇게 되기를 희망하고 꿈을 갖고 최선을 다한다.

그런데 우리는 그 속에 중요한 것이 있다는 걸 간과하는 경향이 많다. 그것은 조직의 규모가 크든 작든 조직의 최고 계급이 되었을 때 가져야 할 책임이다. 최고의 계급까지 가겠다는 개인의 목표를 세웠다면 언젠가 그 위치에 갔을 때 최고의 계급자로서 조직과 조직원들을 위해 어떤 책임을 어떻게 다할 수 있겠는가를 늘 염두에 두고 생활해 나가야 한다. 오로지 개인의 목표만을 생각하고 노력한다면 최고의 계급이 되었을 때는 개인의 목표를 이룬 것으로 끝났다는 생각을 할 가능성이 많다. 이런 사람들은 최고의 계급이 조직을 보다 더 밝고 맑게 만들고, 발전시켜서 조직 구성원들이 그 속에서 꿈과 희망을 갖고 일할 수 있도록 하는 책임이 있다는 생각보다는 자신의 출세의 징표로, 다음 자리를 위한 수단으로 생각할 가능성이 크다.

그래서 **최고의 계급자가 되었을 때 주어진 책임을 다하려면 평소에 그런 사고**思考**와 행동을 해야 한다.** 최고의 계급에 갈 때까지 사고와 행동을 그렇게 해 놓지 않으면 그 위치에 갔을 때 책임에 대한 일을 쉽게 할 수 없다고 본다. 그 상태에서 예하 계급들에게 책임을 지라고 하면 위계질서상 어쩔 수 없이 책임을 지는 일을 하겠지만, 그 후 조직원들로부터 최고 계급에 대한 믿음과 신뢰는 얻을 수 없게 되고 조직의 힘은 떨어질 수밖에 없다.

이럼에도 불구하고 최고의 계급자가 조직이 잘 굴러가는 것처럼 느낀다면 그것은 몇몇 추종자들에게 둘러싸여 있다고 보면 크게 틀리지 않을 것이다. 추종자들은 조직의 발전에는 관심이 없고 오직 최고의 계급자를 등에 업고 일신의 이익만 챙기려는 사람들이기 때문에 좋은 모습만 보고하고 듣기 좋은 일만 보고하게 되어 있다. 이게 아첨꾼들의 섭리임을 잊지 말아야 한다.

최고의 계급자는 그 조직에서 영원한 계급자가 아니다. 제일

단명인 사람이다. 그는 끊임없이 변하는 환경 속에서 조직이 미래를 향해 갈 수 있도록 다리를 놓아 주어야 한다. 조직에서 최고의 계급자가 되었다는 것이 중요한 것이 아니라 발전적인 다리를 어떻게 놓고 떠나느냐가 중요한 것이다.

최고 계급자는 일이 벌어졌을 때 책임을 지는 것도 있지만, 재직 동안 조직의 발전을 도모하는 것도 중요한 책임이다. 조직 최고의 계급까지 가려고 하는 사람은 이런 책임 의식을 평소에 늘 가져야 함을 강조하고 싶다. 책임을 의식하지 못하면 리더의 자격이 없다.

조직을 떠날 때 계급도 두고 떠나라

우리는 이런저런 조직에서 최고의 위치까지 오르고 난 후 조직을 떠난 사람들의 모습을 많이 볼 수 있다. 그 모습들은 크게 두 가지로 나타난다.

첫째는 떠난 후에도 떠나기 전의 지위를 그대로 행세하려고 하는 모습이다. 이런 사람들은 대개의 경우 떠나고 난 후의 위상에 욕심이 있는 사람들이다. 보다 더 큰 권력의 위치에 가려고 하거나, 최소한 기존 조직에 대한 영향력을 계속 가지려는 마음을 갖고 있는 사람들이다. 그래서 자신의 심복을 요직에 많이 심어 놓으려고 하고, 자신의 말을 무조건 따르는 사람이면 능력과는 무관하게 핵심 자리에 앉히고 승진도 시키려고 한다. 조직의 발전에는 별 관심이 없고 오로지 지금의 지위를 상위 지위로 가기 위한 수단으로 생각한다. 이렇다 보니 여러 면에서 무리수를 두게 되고 조직의 힘을 빠지게 만든다.

두 번째는 현직에서 최선을 다 하려는 사람들이다. 이런 사람들은 페이스 장군이 보여 준 모습처럼 현직을 떠난 후에 영향력을 행사하고픈 욕심이 없는 사람들이다. 단지 있는 동안 조직의 발전과 자신에게 부여된 목표를 달성하기 위해 최선을 다하겠다는 일념밖에 없다. 이런 사람에게는 대부분의 부하 직원들이 따르고 그의 의도에 맞춰 일하려고 최선을 다한다. 비록 그 목표치에 도달하지 못하고 만족한 결과를 얻지 못하더라도 그 과정에는 많은 부하 직원들이 동참해 조직 전체의 힘이 생기게 한다.

각 조직의 리더들이 자신이 떠난 후의 일까지 생각하고 일을 하면 리더의 역할을 다 할 수 없고 명품의 리더가 절대 될 수 없다. 우리는 정치적 리더, 기업의 리더들이 몰락하는 사례들을 많이 본다. 그런 리더들은 리더로 있을 때 조직의 건강한 모습을 만들어 놓았다고 할 수 없다. 만약 많은 리더가 두 번째 유형모습의 리더들이 된다면 우리의 조직들은 지금보다 훨씬 밝고 건강하게 그리고 경쟁력 있는 조직이 될 것이다.

24

끊임없이
자신을 기획企劃하라

요즘 사회의 특성과 개개인의 삶과의 관계를 한마디로 표현한다면 자신의 삶은 '누군가의 기획에서 시작되고 그 기획 속에서 활동하고 끝난다.'라고 할 수 있다. 그만큼 기획은 모든 분야에서 우리의 삶에 깊숙이 들어와 영향을 주고 있다. 따라서 기획을 이해하지 못하면 자신의 삶이 자신도 모르게 기획을 하는 그 누군가의 생각에 따라가게 되고, 조직 내에서는 그만큼 자신의 역할이 줄어들게 된다. 처지를 바꾸어 보면 나 자신이 기획을 한다면 타인의 삶에 영향을 미칠 수 있는 일을 할 수 있다는 것이고, 조직의 발전을 위한 기획이라면 자신의 역할은 당연히 많아질 것이다.

그러면 기획이란 무엇인지를 먼저 알아야 할 필요가 있다. 우선 한자어의 뜻에서 의미를 찾는다면 企는 '바라다, 꾀하다'의 뜻이 있고 劃은 '미리 짠다'는 계획의 뜻이 있다. 즉 '앞으로 일어날 어떤 일을 미리 꾸며서 계획을 하다'의 의미라 할 수 있겠다. 여기서 중요한 것은 꾸민다는 것이며 이것은 기획자가 자신의 의도를 반영하여 미래의 일을 만들어 간다는 것이다.

기획의 일은 고대국가들에서부터 이미 시작되었다. 당시 고대국가들은 폭발적으로 증가하는 인구를 어떻게 수용할 것인가에 많은 고민이 있었고 이를 해결하기 위해 도시를 기획한 것이 시초로 볼 수 있다. 여기에는 인구 수용 예상 공간, 개인구역과 공공구역의 배분, 물과 식량 공급의 한계, 교통, 군사적 문제와 안전 등을 종합 고려해 도시기획을 한 것이다. 고대 로마의 "모든 길은 로마로 통한다"는 것은 대표적인 기획의 결과라고 생각한다.

그 후 18세기 후반에 들어 과학기술의 혁신에 따라 사회, 경제 구조상의 변화를 일으킨 산업혁명은 국가 내에서도 이를 담당해야 하는 여러 전문 조직들은 물론 제품을 대량생산할 수 있는 기업들이 생겨나게 하였고, 현대사회는 기업 단위의 복잡성이 19세기 국가 수준만큼이나 크다.

이것은 국가 차원의 기획은 물론 정부 각 조직 차원의 기획, 기업 차원의 기획을 해야 하는 필요성이 대두된 것이고, 최근 들어 우리 사회에 국가미래기획, 기술기획, 경영기획, 상품기획, 광고기획 등등 기획을 말하지 않으면 시대에 뒤처지는 느낌이 들 정도로 기획 용어가 난무하는 것이 이를 잘 보여주고 있다.

현대는 기획의 시대

국가는 국가대로 국제관계에서 국가를 보존하고 국민의 안전과 행복한 생활을 영위해 주기 위해 국익을 창출해야 하는 과제를 안고 있고, 기업은 기업대로 이익을 만들어 내면서 생존을 위한 부단한 노력을 해야 한다. 개인도 마찬가지다. 어떤 사회적 환경도 개인이 스스로 노력하지 않으면 성장시켜 주지도 않고 행복을 가져다주지도 않는다. 또 현대사회는 모든 것이 불확실하다. 개인 간의 관계, 개인과 조직 간의 관계들이 다양해지고 요구조건들이 봇물처럼 넘쳐난다. 주변에 정보와 기술이 범람하고 변화의 속도가 빨라 따라가기도 힘겹다. 이 속에서 평범하면 개인이든 조직이든 살아남지 못한다는 절박감이 더해진다. 여기에 기획을 해야 할 필요성이 있는 것이다.

기획은 사람이 하는 일이다. 개인은 삶의 목표를 세우고 이를 실행해 나가는 모든 행위를 기획해야 한다. 5년 후, 10년 후 어떤 위치에 가고 싶고 어떤 삶을 살고 싶은지, 그러기 위해서는 지금부터 무엇을 준비하고 어떻게 해야 하는지 기획을 해야 한다. 과거처럼 삶의 형태가 단순한 사회에서는 굳이 그렇게 할 필요가 없었지만, 지금의 사회는 미래를 위한 자신의 삶을 기획하고 그에 따라 노력하지 않으면 자신이 원하는 기회는 거의 오지 않는다. 그렇지 않고 기회가 온다는 것은 천운을 타고난 사람이라고 볼 수 있다.

인터넷상에서 성공한 사람들의 습관을 찾아보면 학자나 전문가들이 성공한 사람들을 대상으로 연구한 결과들이 많이 나온다. 그중에서 공통적인 부분을 묶어보면 '자신의 삶을 주도하는 사람', '일의 방향과 목적을 설정하는 사람', '자기 혁신을 하는 사람', '시너지를 창출하는 사람', '실행력이 있는 사람' 등이 핵심을 이룬다. 그런데 하나하나를 뜯어서 생각해 보면 무엇을 어떻게 해야 하는지 의문이 바로 든다. 예를 들면 자신의 삶을 어떻게 주도할까 등이다. 이런 것들을 할 수 있는 것이 바로 자신을 '기획'하는 것이다.

5년 후 원하는 위치에 있기 위해서는 지금 갖고 있는 능력이 어느 정도 수준인지, 이 수준을 갖고 계속 노력하면 5년 후 그 위치에 도달할 수 있는 건지, 아니면 부족한 부분이 무엇이고 그 부분을 채우기 위해서는 무엇을 어떻게 준비해 가야 하는지 등을 체계적으로 생각해야 하고 실행해 나가야 한다. 이것이 자신을 기획하는 것이다.

사회생활을 하다 보면 자신을 위한 기획만이 아니라 자신이 몸담고 있는 조직을 위한 기획업무를 해야 할 기회들이 많이 생긴다. 기업을 포함한 모든 조직들은 단기적으로는 성과를 내기 위해, 중·장기적으로는 조직의 존속과 발전을 위해 치열한 경쟁을 해야 한다. 그러기 위해서는 개인이 자신을 위해 기획하는 것처럼 조직도 기획을 한다. 이것을 위해 조직 내 기획을 전담하는 부서가 있고 조직의 전체적인 부분을 기획한다. 그 틀 속에서 부서별 임무와 목표가 있고 이것을 달성하기 위한 기획들을 부서 내에서 해야 한다. 이러다 보면 조직 내에 있는 개개인은 어떤 위치든지 기획을 해야 할 기회들이 주어진다.

조직에서의 기획은 자신을 위해 하는 기획에 비해 조금 차원이 다르다. 2013년 8월 전국 경제인 연합회에서 한국의 CEO가 원하는 인재상에 대해 400명의 CEO를 대상으로 설문조사를 한 결과를 내놓은 적이 있다. 자료에 따르면 도전정신과 추진력(38.1%)이 1위, 창의성(19.5%)과 소통 및 조직관리(19.5%)가 공동 2위, 성실성(17.7%)이 그 뒤를 이었다. 여기에서 1, 2위의 공통점을 찾는다면 회사의 발전을 위해 필요한 문제를 스스로 찾아서 추진해 나가는 사람일 것이다.

그러면 개인은 CEO에게 도전정신과 추진력, 창의성 등을 어떻게 나타내 보일 수 있을까. 그냥 말로써 가능할까? 절대 그렇지 않다. 불가능에 가깝다. 그럼 어떻게 해야 하는 걸까? 그것을 행하는 유일한 방법은 보고서다. 의사결정 수단인 보고서로 자신의 모습을 보여줘야 한다. 그 보고서에 자신의 도전정신과 창의성을 담고 행동으로 추진력을 보여줘야 한다. 이럴 때 보고서에 담으려고 하는 기본 요건이 바로 기획이다.

조직의 기획은 조직의 목표를 달성하기 위한 종합적인 지침서가 되어야 한다. 그러기 위해서는 기획의 필요성과 목적이 명확해야 한다. 필요성은 기획의 대상이 되는 상황(기업 매출의 지속적 감소 등)이 왜 지속적으로 발생하는지, 이런 상황에 영향을 미치는 주변의 환경(정치적, 기술적, 고객의 트랜드 등)은 어떤지 등을 알아야 하고, 목적의 명확화는 왜 해야 하고 무엇을 위해 하는지, 이것을 하면 어떤 이득이 있을 수 있는지, 만약 안 한다면 어떻게 되는지 등에 대한 것들이 명확해야 한다. 또 해야 할 일의 핵심인 과제도 제시해야 한다.

이러한 일련의 사항을 논리적으로 전개시켜 작성하는 것이 기획서이다. 결국, 일은 사람이 하지만 그 일의 지침은 기획 문서인 셈이다. 조직의 상사는 개인의 도전정신과 추진력, 창의성에 대한 평가를 기획 문서 속에 담긴 내용을 보고 판단하는 것이다. 따라서 개인은 기획 능력을 끊임없이 길러야 한다.

끊임없이 자신을 기획하고, 자신의 생각을 문서로 표현할 수 있는 기획 능력을 높이면 스스로 문제를 찾아 해결해 가는 능력이 생기고, 자신을 발전시킬 수 있는 성장 잠재력이 생긴다. 또 자신이 근무하는 조직에서 조직의 발전을 기획해야 하는 보다 큰 차원의 일을 할 수 있는 기회가 생기게 된다.

25

자신의 결심에
최소한의 합리성을 가져라

1991년 프랑스 합동참모대학에서 수학하고 있을 때의 이야기다. 본 과정이 시작되고 약 4개월이 지난 어느 수업시간에 같이 공부하고 있던 프랑스 장교가 나에게 한가지 이야기를 해도 되느냐고 조금 긴장된 얼굴로 물어왔다. 나는 당연히 그러라고 했고, 이야기의 내용은 동양인(나)과 서양인(프랑스장교) 간에는 사고의 차이가 있는 것 같다는 것이다.

동양인은 어떤 문제를 풀어나갈 때 미리 결론을 정해놓고 그 과정을 점검해 나가는 것처럼 보인다는 것이다. 서양인들은 결론을 미리 생각해 보지 않고 단계 단계마다 검토하고 진단을 하여 그 결과를 근거로 필요한 의사결정을 한 후 다음 단계로 넘어가는 절차들을 거쳐서 최종 결정을 한다는 것이다. 자기들의 의사결정 시스템은 시간이 다소 걸리지만, 최종 결정 후 시행하는 과정에 문제가 최소화되는 방안을 찾아간다는 것이다.

프랑스 장교가 지적한 대로 우리는 어떤 의사결정을 하기에 앞서 미리 한번 생각을 해보고 어느 정도 이렇게 해야 되겠다는 결론을 미리 내려놓고 진행하는 것이 습관화되어 있다. 아마 이런 습관은 식민지 시대와 전쟁으로 인한 빈곤의 시대에서 산업화 시대로 고속 성장하는 과정에서 잘살아보자는 일념으로 정신없이 살아오면서 자연히 우리의 뼛속에 묻어난 것이 아닌가 싶다. 우리 자신도 '빨리빨리'라는 사회적 흐름이 이제는 우리 한국인의 대표적인 문화로 정착되어 있다는 것을 자연스럽게 받아들인다.

혹자는 이러한 문화는 IT 시대의 장점이라고도 말하기도 하지만 반대급부로 우리 사회 곳곳에서 '빨리빨리 문화' 때문에 많은 시행착오를 겪고 있고, 이로 인해 손실되는 비용이 만만찮다는 것 또한 알고 있다. 특히 최근 중앙정부나 지자체의 크고 작은 정책들이 번복되거나 부실화되는 것들을 보면 경제적 손실 비용은 적지 않은 수준이고 이것이 기업이라면 이미지와 경쟁력에 막대한 영향을 미치는 것은 물론 존폐의 기로에 내몰리는 상황까지도 처해질 수 있는 문제라고 생각한다.

합리성과 문제해결 능력을 키우라

이제는 우리 개개인들이 자신이 하는 일에 최소한의 합리성이 있는지를 따져봐야 할 때이다. 많은 전문가는 4차 산업시대가 우리 눈앞에 도래하고 있고, 이 시기가 본격화되면 우리 사회에 나타나는 제일 큰 현상은 사람이 하는 일자리가 로봇과 기계로 대체된다고 한다. 즉 일자리를 잃을 위험이 크다는 것이다.

현재 우리들이 맡고 있는 일자리는 1, 2 ,3차 산업혁명시대에 해당하는 다양하고 폭넓은 스펙트럼을 갖고 있다. 이런 일자리 중에서 로봇과 기계에 의해 대체 된다면 우선적으로 단순 반복적인 일자리가 로봇으로 대체될 것이다. 전문가들 역시 창의적인 업무와 여러 업무를 다양한 방법으로 종합해 나가는 문제해결형의 일자리가 새롭게 생길 것으로 예측하고 있다. 여기에 해당하는 일자리들은 '빨리빨리'의 정신으로는 문제도 보이지 않을 뿐만 아니라 일어난 문제에 대해서 해결할 수 있는 방향을 찾기도 어려울 것이다.

문제해결형의 사고思考를 갖기 위해서는 우선 지금부터라도 자신이 하는 일에 대해 합리성이 있는지를 찾아보는 습관을 길러야 한다. 합리성이 문제해결 능력을 키우는데 첫걸음이라 생각한다.

합리성의 사전적 의미는 '논리나 이치에 맞는 성질'로 되어있고, 다음 백과에 의하면 "단순한 감정의 표현이나 의견의 제시가 아니라 객관화할 수 있는 증거를 수반할 수 있는 주장이나 판단, 즉 신뢰할 수 있음의 근거가 합리성"이라고 정의하고, 그러나 "근거나 이유의 이해방식이 다양하기 때문에 일정한 기준을 요구하기가 쉽지 않으며 사회적으로는 어떤 행위가 궁극적 목표에 도달하는 최선의 수단이 되는가 하는 여부를 가리는 개념으로 주로 사용된다"고 하였다. 종합해보면 자신이 하는 일이 논리나 이치理致가 있고, 최종 목표를 달성하기 위한 최선의 수단이 합리성이라 할 수 있겠다.

그런데 우리들은 어떤 모습일까? 조직의 구성원들은 자신의 일에 대한 합리성보다는 위에서 시키는 것만 하는 경향이 많고, 문제 해결의 의지는 거의 없다. 문제가 터지면 그 해결은 당연히 리더의 몫이라고 생각한다. 문제를 해결해 나가는 과정도 마찬가지이다. 리더가 방안을 제시하고 업무를 할당해 주면 그것만 열심히 한다. 리더도 마찬가지다. 일을 해 나가는 과정 중에 합리성은 별로 개의치 않는다. 자신이 그동안 갖고 있는 경험과 정보, 지식으로 중요한 일들을 혼자 결심하고 그 범주에서 지시를 하고 일을 처리해 간다.

이렇다 보니 구성원들은 자기 일에 영혼이 없다. 자신이 작성한 일의 계획서조차도 내용에 대한 물음에 자신의 의도를 설명 못하고 머뭇거리는 사람들이 많다. 다시 말하면 자신이 하려고 하는 일의 계획에 대해 물어보면 답을 못한다는 것이다. 답을 하더라도 논리가 없고 핵심이 없는 경우가 많다. 이것은 두 가지 이유다. 하나는 위에서 시키는 대로 하다 보니까 그렇고, 두 번째는 자신 스스로가 개념이 없거나 주인 정신이 없는 경우다. 이런 상황이 일어나고 있는 것에 대해서는 많은 부분이 리더의 잘못일 수가 있다. 구성원이 자신의 논리와 이치로서 일의 계획서를 만들면 리더는 자신의 생각과 맞지 않는다고 하여 퇴짜를 놓고 결재를 해주지 않는다. 당사자를 능력이 없다고 평가까지 한다. 그러니 어느 직원인들 합리성을 갖고 일을 하겠다고 하겠는가!

문제의식을 갖고 주체적으로 사고하라

이제는 '빨리빨리'의 문화에서 합리적으로 생각하는 문화로 바꾸어야 한다. 그래야 4차 산업혁명시대에서 살아남을 수 있다. 조직 전체는 문제 해결의 능력이 경쟁 조직에 비해 뛰어나야 발전할 수 있다.

리더들은 지금처럼 산업화 시대에서 몸에 밴 '빨리빨리'의 마음으로 일을 결심하고, 지시하고, 빠른 결과를 요구하면 안 된다. 이제는 리더들도 정말 시급하게 결정해야 할 일이라면 어쩔 수 없지만, 그렇지 않은 경우에는 시간이 다소 걸리더라도 자신의 결심에 합리성이 있는지 없는지를 반드시 따져보지 않으면 안 된다. 왜냐하면, 4차 산업혁명시대의 일들은 한번 의사결정을 잘못하게 되면 되돌아가기가 어렵고 경쟁 조직에서 영원히 뒤처지게 되기 때문이다.

구성원들도 이제 스스로 일에 합리성 여부를 따져보고 리더에게 권고해야 한다. 리더가 시대적 흐름에 미처 따라오지 못하는 상황이더라도 그렇게 해야 한다. 합리성을 근거로 리더의 생각과 자신의 생각을 조정해 가야 한다. 지시에 따라 일하는 구성원들은 리더로부터 일시적으로 좋은 평가를 받을 수는 있으나 오래 살아남지 못한다. 모든 일에 자신이 문제의식을 갖고 일을 해야 인정받을 수 있고 4차 산업혁명시대에 살아남을 수 있다.

　이렇게 해야 하는 또 한 가지 중요한 이유가 있다. 최근 우리 사회의 이슈 중 하나가 정년 연장 문제이다. 5060 세대들은 정년 연장의 필요성을 이야기하고, 젊은이들은 자신들의 일자리를 걱정하고 있다. 동질의 성격을 지닌 일자리를 놓고 보면 젊은이들이 걱정하는 이유가 타당성이 있을 것이다. 5060 세대들은 동질의 성격을 가진 일을 두고 그동안 쌓아온 경력과 경험으로 젊은 사람들보다 일을 잘해낼 수 있다고 생각하면 안 된다. 문제해결의 분야에서 일을 해야 젊은 사람들의 일자리를 빼앗지 않게 되고 오히려 조화롭게 일할 수 있게 된다. 그래야 자연히 정년 연장의 근로도 가능해지리라 믿는다.

26

리더가 자신에게
물어야 하는 것들

2008년 6월의 어느 날 무궁화 회의 일정 속에 지휘관 한 분의 '道'에 대한 강의가 있었다. 내용은 세 가지의 'SHIP', 즉 Leader Ship, Fellow Ship, Follower Ship에 대한 것이었고 강의를 듣고 난 후 나의 소감은 이랬다.

정말 훌륭한 말씀이었다. 그런데 왜 이렇게 공허한 마음이 생기고, "그래 맞다 그런데?"라는 반문이 생기는지 모르겠다.
순간 나 자신이 깜짝 놀랐다. 혹시, 나의 마음속에 그분에 대한 사사私私로운 어떤 감정이 있어서 그런 것이 아닌가 하고 나 자신을 한참 추슬렀다.

– 2008년 6월 일기에서

나도 그동안 리더도 했었고, 참모도 하였지만 리더가 되기는 쉬워도 제대로 하기는 어렵다는 것을 그날따라 처음 느꼈다. 리더 역할을 하기가 어렵다는 것을 느꼈다는 것은 역설적으로 나 자신이 리더였을 때 그 역할을 잘못했다는 것이다. 그런 나 자신이 세월이 한참 지난 지금에서야 그나마 다행스러웠다고 생각되는 것은 당시 내가 리더였던 그 조직이 어려운 상황이 아니었다는 것이다. 만약 어려운 상황이 벌어졌더라면 리더 역할을 잘못한 나의 조직은 기능을 제대로 발휘하지 못했을 것 같은 생각이 들어 아찔하다.

나 자신이 리더 역할을 잘못했다고 진단하는 이유는 의욕만 있었지 준비가 안 된 리더였기 때문이다. 솔직히 말하면 당시에는 뭘 준비해야 되는지 생각조차 없었다고 하는 것이 맞겠다.

이제는 리더로서 부족했던 나의 경험과 또 조직의 평범한 조직원으로서 많은 리더들을 보면서 리더로서의 역할을 다할 수 있는 리더, 명품의 리더가 되기 위해서는 리더 자신에게 반드시 물어봐야 하는 것들이 있다고 강조하고 싶다. 물론 리더의 위치와 개인의 성향에 따라 물어봐야 할 것들이 다소 다를 수는 있다. 그것은 리더 자신이 정하면 된다. 나의 경험상 리더로서의 역할을 제대로 하기 위해서는 최소한 다음 두 가지만이라도 자신에게 물어야 한다.

위만 쳐다보고 있지 않은지 물어라

우리는 살아가면서 수많은 인간의 군상群像들을 보고, 조직 내에서 그 모습들이 다 다르게 나타나는 것을 본다. 그런데 진작 조직 내의 문제들은 본인들이 자신의 모습을, 행동을 볼 수 없다는 데서 일어난다.

좋은 조직이란 그 속에 있는 사람들이 자신의 행동을 볼 수 있는 사람들이 많으면 많을수록 좋은 조직이 된다.

조직의 리더는 우선 자신이 자기를 볼 수 있는 능력이 있어야 하고, 조직원들에게 스스로 자신을 볼 수 있는 능력을 키울 수 있도록 해주어야 한다.

리더 자신의 행동은 그렇지 못하는데 조직원들에게 아무리 올바르게 하라고 한들 따라오지 않는다. '말 따로 행동 따로'의 솔선수범은 통하지 않는다.

리더는 조직원 모두가 리더의 언행과 마음이 일치하고 있다고 느낄 때 모름지기 리더로서의 힘이 생기는 것이다.

리더는 언행만 일치되어서도 안 된다. 언행과 마음이 함께 일치되어야 한다. 리더가 입신양명만을 좇고 위만 쳐다 보고 있다면 조직원들은 도대체 어디로 가고, 무엇을 생각해야 한다는 말인가.

- 2008년 6월 일기에서

조직은 '살아있는 생명체'와 같다. 동물의 생명체에는 뇌, 심장 등을 형성하는 기관이 있고, 뼈, 근육 등을 형성하는 조직이 있으며 기관과 조직을 연결시켜주는 신경계 등 각종 기관계가 있다. 이들이 활발하게 활동하고 상호 기능들이 잘 연결될 때 그 생명체는

이순耳順에 삶을 말하다

건강하고 생명이 오래간다.

조직이 '살아있는 생명체'라고 하는 이유는 조직에는 뇌에 해당하는 리더가 있고 팔과 다리 역할을 하는 조직원들이 있다. 그리고 이들을 유기적으로 연결시켜 주는 소통의 신경계가 작동하고 있기 때문일 것이다. 이들 각자가 역할을 충실히 하고 상호 소통이 잘 이루어질 때 건강한 조직이 되는 것이다.

반면에 조직에 뭔가 문제가 있을 때는 이들 각자가 그들의 역할을 잘못하고 있거나 또는 역할은 제대로 하고 있는데 상호 연결, 즉 소통이 잘 되지 못하고 있는 경우이다.

그런데 대부분의 리더는 뇌의 역할을 하고 있는 자신과 조직원들을 연결하는 신경계인 소통에는 문제가 없는지를 생각해 보지도 않고 무조건 조직원들에게 잘못이 있다고 생각한다. 나의 경험상 이때는 리더의 잘못이 대부분이다. 다시 말하면 리더 자신에게 잘못이 있는 경우가 많고 그 잘못의 제일 큰 원인은 리더가 위만을 바라보고 있을 때이다. 리더가 위만을 본다는 것은 조직과 조직원들을 위해서 자신의 역할은 제대로 하지 못하면서 개인의 영달과 욕심만을 채우려는 사심만 갖고 있다는 뜻이다.

리더가 사심을 가지게 되면 조직에는 몇 가지 현상들이 나타난다.

첫 번째는 리더의 생각과 조직원들의 생각이 멀어지게 되고, 두 계층 간에 겉으로는 같이 행동하면서 속으로는 각기 딴생각을 하는 동상이몽의 현상이 일어나게 된다. 이것은 조직원들을 방관자로 만들게 되고, 생명체의 면역력이 떨어지는 것처럼 조직의 경쟁력을 떨어뜨리게 만든다. 겉으로는 튼튼한 것처럼 보이지만 속으로는 곪아 가고 있는 '속 빈 강정'의 조직이 되는 것이다. 이런 조직이 되면 리더가 조직의 발전을 아무리 강조하더라도 조직원들은 "너나 잘해"라는 마음이 앞선다.

두 번째는 리더에 대한 신뢰가 없어지기 때문에 조직원들도 각자도생各自圖生의 마음을 갖는 현상이 발생한다. 이럴 때는 조직원들도 조직에 대한 헌신보다는 보다 나은 이익을 좇아 눈을 외부로 돌리게 되고, 급기야는 기술 및 경영정보 유출, 이직 등의 상황이 일어나게 된다.

위를 쳐다보지 말라는 것이 아니다. 리더는 조직의 발전을 위해 얼마든지 위를 바라볼 수 있고, 또 그렇게 해야 한다. 다만, 위와 아래를 같이 보아야 하고 위를 볼 때 사심을 갖지 말아야 한다.

조직은 생명체처럼 반드시 크고 작은 아픈 부위가 발생하게 되어 있다. 이런 환부를 발생시키는 것도, 환부를 도려내고 치유해야 하는 것도 결국은 리더의 몫이다. 사심을 갖고 위만 쳐다보는 리더는 이런 환부가 생기고 있는 사실도 모르게 되고, 환부를 치유할 시기와 방법도 모르게 된다.

자신이 먼저 편을 가르고 있지 않은지 물어라

어느 한 조직의 리더가 된다는 것은 개인으로서 명예로운 일이다.

처음 시작하는 리더들의 대부분은 화합을 강조하는 '일성一聲'을
내뱉는다.

그런데 말만하고 행동은 없다.

진정한 화합은 말로만 되지 않는다.

가장 좋은 것은 리더가 되기까지 화합의 기질을 가지는 것이고,

그렇게 행동을 한 사람이라면 실천하기가 훨씬 쉬워진다.

- 2009년 일기에서

우리는 삶의 과정에서 자신이 직접 리더가 되기도 하고, 또 수많
은 리더를 옆에서 보기도 하고 함께 일하는 경험을 갖기도 한다.
자기 자신도 예외일 수 없이 리더가 되면 두 가지 중 어느 하나의
모습을 가진 리더가 된다.

첫 번째는 구성원들과 함께 가려고 노력하는 통합의 모습이고
두 번째는 자신의 사람만 데리고 가는 모습이다.

리더가 어떤 모습으로 가야 되는지는 자명하다. 모든 리더들이
알고 있고 우리 모두가 다 아는 일이다. 그런데 리더가 되고 난 후
의 모습을 보면 두 번째의 모습으로 가는 리더들이 의외로 많은 것
이 현실이다. 어떤 소신을 가지고 꼭 두 번째의 모습으로 가겠다는
생각을 갖고 있는 리더는 아마 없을 것이다. 리더 자신은 최고의
리더가 되기 위해 최선을 다하는 마음뿐이겠지만 조직의 전체를

보지 않고 개인적 사고의 울타리에서 벗어나지 못하면 자신도 모르게 두 번째의 모습으로 빠지게 되어있다.

리더가 개인적 사고의 울타리에서 벗어나지 못하면 마음이 편협해진다. 조직원들이 자신을 따르지 않는 것 같고, 일도 안 하고 놀고 있는 것 같아 보이며, 리더인 자신을 빨리 몰아내기 위해 좋지 않은 말을 하고 다니는 것 같은 의심이 들기 시작한다. 이럴 때 대부분의 리더에게 일어나는 현상은 좋은 말만 하는 사람, 자신의 사람들을 가까이 두고 싶어 하는 마음이 생기고, 결국은 이런 사람들만 자신의 눈에 들어오게 되어 이들과 같이 일하는 모습으로 가게 된다. 이것이 리더 자신이 먼저 편을 만들게 되는 것이다.

리더가 먼저 편을 만들게 되면, 첫 번째는 조직원들 사이에서도 편이 만들어지고 서로 보이지 않는 반목이 발생한다. 조직의 성장을 위해서는 무엇보다도 조직원 개개인들의 헌신적인 노력과 이들을 시너지화할 수 있는 보이지 않는 조직의 문화가 필요하나 편을 먼저 만드는 리더가 있는 한, 이런 문화가 형성되기는 어렵다.

두 번째는 리더에게 아첨하여 개인의 욕심을 채우려는 사람들이 나타나기 시작한다. 건전한 조직이 되려면 조직을 위해 일하려고 하는 사람들이 리더 옆에 있어야 한다. 리더 옆에 있고 싶어 안달하는 사람들이 리더 옆에 있으면 안 된다.

세 번째는 조직을 위해 묵묵히 최선을 다하는 사람들이 리더로 인해 본의 아니게 리더를 멀리하게 된다. 조직원들은 조직을 보면서 미래를 생각하지 않는다. 리더를 보면서 조직의 미래를 판단한다. 리더의 존재로부터 자신이 멀리 있다는 느낌을 받는 순간 조직을 위해 일하겠다는 마음보다 조직원으로서 자신의 한자리만 채우고 있겠다는 마음이 앞서게 된다.

리더는 자신을 위해 일하는 사람이 아니다. 조직을 위해 일하는 사람이다. 수많은 리더 속의 한 사람이 되느냐, 조직 속에 영원히 살아있는 리더가 되느냐는 리더 자신의 선택에 달려있다. 수많은 리더 속의 한 사람이 되지 않으려면 자신에게 '먼저 편을 가르고 있지 않은지' 물어봐야 한다.

사람은 쉬운 길을 가자고 하는 사람들에게 자신의 마음이 동화되고,
좋은 말만 하는 사람들에게 마음이 갈 수밖에 없다.
그것이 인간의 본능적인 행동이다.
이 본능을 극복하는 자가 진정한 리더이다.

耳順에 삶을 말하다

초판 1쇄 인쇄 2018년 06월 04일
초판 1쇄 발행 2018년 06월 11일
지은이 이옥규

펴낸이 김양수
편집·디자인 곽세진   **교정교열** 박순옥

펴낸곳 도서출판 맑은샘
출판등록 제2012-000035
주소 경기도 고양시 일산서구 중앙로 1456(주엽동) 서현프라자 604호
전화 031) 906-5006
팩스 031) 906-5079
홈페이지 www.booksam.kr
블로그 http://blog.naver.com/okbook1234
카카오플러스친구 http://pf.kakao.com/_xoxkxlxjC
이메일 okbook1234@naver.com

ISBN 979-11-5778-287-1 (03800)